チドリ正明
Masaaki Chidori
画 長浜めぐみ
縮地《しゅくち》を極めて早二年
パーティー追放の悔しさで、山籠もりしたら最速最強になりました

シフォン
CHIFFON
Characters

新たな仲間と新居で朝ごはん
アン
ANNE
タケル
TAKERU

CONTENTS

It's been 3 years
in no time
since I master
SHUKUCHI.

チドリ正明
Masaaki Chidori
画 長浜めぐみ
縮地《しゅくち》を極めて早三年
パーティー追放の悔しさで、山籠もりしたら最速最強になりました

本文・口絵イラスト：長浜めぐみ
デザイン：ＡＦＴＥＲＧＬＯＷ

縮地【しゅくーち】

それは全身の力を余すことなく
足に伝えることで、
高速での移動を可能にする歩法

I training in mountains
because of the chagrin that he was banished
from the party,
I became the fastest and strongest

第1話　『漣《さざなみ》』からの追放

「縮地！」

膝《ひざ》を軽く曲げ重心を低くし、前傾《ぜんけい》姿勢になると同時に、流れるような動作で地面を蹴《け》ることで俺《おれ》の縮地は完成する。

発動までに、約一秒。

そこから体力の限界を迎《むか》えるまで動き続けることが可能だ。

敵はCランクのオーガキング。硬《かた》い皮膚《ひふ》と強力な一撃《いちげき》が特徴《とくちょう》のモンスターであり、ここら一帯に数匹《すうひき》現れたうちの一体だ。

俺は右手に持つ小型のナイフでチクチクと全身に斬《き》り傷を与《あた》えることで、時間を掛《か》けてオーガキングの体力を奪《うば》っていく。

オーガキングの攻撃《こうげき》は俺に擦《かす》りもせずに、全《すべ》てが空を切る。

しかし、斬りつけ始めてからかれこれ十分ほど経過したが、オーガキングは多少の出血はあるもののピンピンしていた。

「おいおい。まだ終わんねぇのか？」

着実にオーガキングの討伐《とうばつ》に近付いているはずの俺に、不快そうな声色《こわいろ》で文句を垂れたのは、パーティーリーダーで戦士のロイだった。

「ねぇー。ロイー。先行こうよ。まだまだ掛かりそうだよー？」

「そうですよ。私たちだけでギルドに戻《もど》りませんか？」

そんなロイの後ろから現れたのは、パーティーメンバーのサラリーとスズだ。

三人とも少し離《はな》れたところでそれぞれオーガキングの相手をしていたはずだが、もう終わったみたいだ。

「タケル。先に帰るぞ。ギルドで待ってるから終わったら来い。話したいことがある。行くぞ」

ロイは二人を両脇《りょうわき》に侍《はべ》らせながら、先にギルドへ帰っていってしまった。

はぁ、またこのパターンか。

俺の戦闘《せんとう》が長引きすぎるあまり、ここ最近は三人とも先に帰ってしまうことが多々あった。

昔は、全員で団結して強大なモンスターに立ち向かったはずなんだけどな……。

◆　◆　◆　◆

あれからしばらくしてオーガキングを失血死に追いやった俺は、ギルドに帰還《きかん》していた。

「話って何だ？　何か良いクエストでもあったのか？」

俺はギルドの三人掛けのベンチで足を組んでドカッと座《すわ》っているロイに話しかけた。

そんな偉《えら》そうな態度のロイの両隣《りょうどなり》には、サラリーとスズがベッタリとくっついていた。

「やっと来たか。ところで、お前は縮地しながらだと小型ナイフ以外は使えねぇのか？　腰《こし》に差してある刀は飾《かざ》りか？」

「ああ。剣《けん》だと少し重くてね。あまりスピードが出せないんだ。刀は予備の武器だ。だが、まだま
だ上手《うま》く扱《あつか》えない」

俺はスピードに特化しすぎているのか、縮地しながらだと重量のあるものが上手く扱えないのだ。

「魔法《まほう》とスキルも相変わらずか？」

ロイは小さなため息を吐《つ》きながら言った。

「そうだな」

俺は魔法は全く使えず、スキルも戦闘用のものは持っていない。

「そうか。なら決まりだな。二人ともそれでいいよな？」

ロイはニヤッと口角を上げると二人に同意を求めた。

「いいよー。前々から話してたもんねー」

「はい。別の人を入れれば良いと思います。剣士なんてたくさんいますし」

サラリーとスズはロイの同意に間髪《かんはつ》を容《い》れずに返していた。

「一体、何の話だ？」

「速く動けるだけならパーティーにいらねぇ！　お前を今日付けでAランクパーティー『漣』から
追放する」

「お、おい！　それはあんまりじゃないか⁉　俺たち四人でFランクの頃《ころ》から一緒《いっしょ》にやって来ただ
ろ⁉」

俺たち四人は十六歳《さい》の時に意気投合し冒険者《ぼうけんしゃ》になり、Fランクの頃から四年の歳月《さいげつ》を掛けて、最近になってやっとAランクパーティーにまで上り詰《つ》めたのだ。

「何言ってんだ。モンスターの討伐には時間が掛かるし、他に何もしてないだろ？　Aランクから先にお前は要《い》らないんだよ。なぁ？」

「絶対いらないねー。早くフローノアから出て行ってー」

「はい。ロイの言う通りです！」

ロイは特徴的な金髪《きんぱつ》をふわりと揺《ゆ》らしながら、馬鹿《ばか》にするような口調で言った。

「くそッ！　俺が抜《ぬ》けて後悔《こうかい》しても知らないからな！」

俺は三人の嘲《あざけ》るような目に耐《た》えきれなくなり、ほろほろと滝《たき》のように流れてくる涙《なみだ》を指で拭《ふ》きながらギルドを後にした。

「二度と顔を見せるな。速いだけのタケルくん」

ロイの言葉に二人は爆笑《ばくしょう》し、俺の悪口大会が始まった。

くそ！　くそ！　くそ！

俺だってスピードを生かして索敵《さくてき》をしたり、敵の注意を引きつけたりしてただろ！

俺は悔《くや》しい思いを胸に秘めながら縮地を使い、訳もなくがむしゃらに走り続けた。

◆◆◆◆

順風満帆《じゅんぷうまんぱん》だった日々は崩《くず》れてしまった。

俺を抜いて酒の席が開かれていたり、報奨金《ほうしょうきん》の割合が少なかったり、今思えば、このようなほんの小さな多くの疑問の答えが今回の追放だったのだろう。

俺は泣いた。泣き続けた。

そして、走った。

唯一《ゆいいつ》、人に誇《ほこ》れる縮地を使って理由もなく走り続けた。

小さな山を越《こ》え、地形が入り乱れる荒野《こうや》を越え、ドラゴンの巣がある山を越えると、気がついたときには深い霧《きり》がかかった草原に来ていた。

「ここはどこだ？　俺は死んだのか？」

もちろん答えるものは誰《だれ》一人としていない。

我に返り、深い霧の中をゆっくりと歩いていくと、小さな山に辿《たど》り着いた。

山には木々が生《お》い茂《しげ》り、食べられる植物もいくつか見られた。

『速く動けるだけならパーティーにいらねぇ！』

深い霧の中で立ち止まると、ロイに告げられた言葉が残酷《ざんこく》なまでに頭の中で響《ひび》いていた。

絶対に見返してやる。

そう決心し山へ入ろうとしたが、入り組んだ木々に何かがつっかえて進むことができない。

「刀……」

長い間抜刀《ばっとう》することなく腰に差していた刀が、コツコツと木をノックしていた。

「そうか。そうだよな。刀と縮地を同時に使えるようにすれば、後悔させられるよな……」

スキルも魔法もてんでダメなので、そこにかけるしかなかった。

スキルは簡単に言うなら想像力で覚えられる。

なりたい自分を頭の中で想像し、それを行動に移す。

より鮮明《せんめい》な想像が必要なため非常に難しいのだ。

魔法は天性の魔力、詠唱《えいしょう》と構造の勉強が大事になるため、俺みたいに天性の魔力がゼロで全く使えない人も少なくない。

ロイは中級魔法までは全て使えて、剣術もかなりのものだ。

生まれ持った魔力が全くない俺に、魔法で立ち入る隙《すき》はない。

俺は久しぶりに刀を鞘《さや》から抜いた。

最後に抜いたのはいつだったかな……。確か、一月前に軽い手入れをしたときだったかな。

「縮地！」

「縮地！」

「縮地！」

「縮地！」

俺は刀を構えたまま、何度も何度も同じ動作をひたすら繰《く》り返した。

体が刀の重さを認識《にんしき》し、縮地に適応するまで。

先の見えない草原を駆《か》け回り、一日に何千回も素振《すぶ》りを繰り返し、毎日毎日、睡眠《すいみん》と食事以外の全ての時間を縮地と刀の修業《しゅぎょう》に費やした。

幸い、ここに天候の変化はなく、モンスターも現れないので、精神面さえ考慮《こうりょ》すれば俗世《ぞくせ》から逃《のが》れて修業に取り組むことができる最高の環境《かんきょう》だろう。

時にはやめてしまおうと思いもしたが、その度《たび》にロイの言葉や、スズとサラリーが俺を嘲る声を思い出し、自身に鞭《むち》を打った。

——そして。時間が流れていった……。

◆◆◆◆

どれほどの期間を過ごしただろうか。

半年過ぎたところで数えるのはやめていた。

深い霧に包まれた山と草原には俺しかいないので、時間という概念《がいねん》はなくなっていた。

くる日もくる日も縮地と刀の修業を繰り返した結果、ついに小さな山の木々を全て刀で伐採《ばっさい》し終えていた。

常に心を落ち着かせながら刀を振《ふ》っていたおかげか、刀に刃《は》こぼれもなく、まるで新品のように輝《かがや》いている。

そして、今日はここで行う最後の縮地と抜刀だと決めていた。

「すぅぅぅぅぅ……はぁぁぁぁ……」

俺は山から二十メートルほど離れた位置で呼吸を整えた。

それによって、興奮と緊張《きんちょう》から通常時よりも速くなっている血液の流れを一瞬《いっしゅん》で正すとともに、スッと瞳《ひとみ》を細めて、堂々と眼前に佇《たたず》む山を睨《にら》みつけた。

膝を軽く曲げ重心を低くし、前傾姿勢になると同時に、流れるような動作で地面を蹴ることで、俺の縮地は完成する。

発動までに必要な時間は、約ゼロコンマ五秒。その全ての工程を終えるまで、一切《いっさい》の乱れは許されない。的確かつ迅速《じんそく》に行うのだ。

俺の縮地は、より研ぎ澄《す》まされ、以前よりも遥《はる》かにスピードが増し、発動までの時間も大幅《おおはば》に短縮された。

徐々《じょじょ》にスピードを高めながら地面のギリギリを這《は》うようにして進み、山へ差し掛かる頃になると、瞬時《しゅんじ》に刀へ手をかけ鞘から抜刀。

山に向かって、刀を上から下に縦に振り、山の麓《ふもと》で停止する。

静寂《せいじゃく》に包まれた中で響くのは、鞘へ納める刀の音のみ。

刀身がスス――……と鞘へ入り込《こ》み……チャキンと高い音が響き渡《わた》る。

ここでの集大成ともいえる最後の大仕事をやり遂《と》げた俺は、前方の山を確認《かくにん》する。

山には山頂から下まで縦に綺麗《きれい》な直線が入り、間には五センチほどの隙間《すきま》が空いていた。さらに、山の表面は刀から生まれた斬撃《ざんげき》によって深く抉《えぐ》れており、辺り一帯には強風による砂煙《すなけむり》が立ち込めていた。

俺は小さく息を吐き、木々がなくなり二つに割れた山を眺《なが》めた。

あぁ、やっとだ。俺はやったんだ。

やっと……山を割った。

果たして、俺は強くなれたのだろうか。

戦士のロイなら山くらい簡単に割ることができたかもしれない。

魔法使《まほうつか》いのスズとサラリーなら山くらい木《こ》っ端微塵《ぱみじん》にできたかもしれない。

長い間お世話になった山から離れた俺は、霧がかった草原を歩きながら腰に差してある刀を見やった。

(俺にしかできないことってなんなんだろうな……)

「縮地！」

俺はそんな考えから逃《に》げるように、縮地を使い全力で走り出した。

一時間、いや二時間ほど走り続けただろうか。

深い霧が立ち込める草原をいつの間にか抜けていた俺は、同じ草原でも澄んだ空の下にいた。

「どこだ……ここ」

フローノアから逃げ出してからどこを走り回ったのかわからないので、完全に迷子になっていた。

立ち止まっていても仕方がないので、俺は久し振りの普通《ふつう》の景色を満喫《まんきつ》しながら、ゆっくりと歩くことにした。

山に何年ぐらいいたかはわからないが、ガリガリな体型から今は筋肉もついて健康的な体になっていた。

これからフローノアを目指すつもりでいるが、俺はロイ達《たち》に会うのが怖《こわ》い。

何年も一緒にいた人達からの完全な拒絶《きょぜつ》は、俺の心に傷を負わすのには十分だったのだ。

しかし、目の前の現実から目を逸《そ》らしてしまっては何も始まらない。修業の最中、何度も逃げてしまおうと考えたこともあったが、俺はそうしなかった。

それはなぜか。答えは簡単だ。俺は今の自分の実力に自信があるからだ。フローノアに戻るのは、俺なりのけじめをつけるためだ。

そんなことを考えながら、ある程度整地された道をゆっくりと歩いていると、遥《はる》か前方から馬車がやってきた。

かなり遠いのにこれがはっきり見えるということは、俺は相当に目が良くなったらしい。

まあ、深い霧の中で目を凝《こ》らしていれば当然か。

俺はその場で暫《しばら》く立ち止まり、近くに馬車が来るのを待った。

「すみません。フローノアの街へ行きたいのですが、どちらの方角に行けば良いかお尋《たず》ねしてもよろしいでしょうか？」

馬車がようやく目の前に来たので、俺は御者《ぎょしゃ》をしていた清潔感のある白髪《しらが》のおじいさんに丁寧《ていねい》に話しかけた。

「旅のお人かな？　ワシは商人なんじゃが、これからフローノアに行くところじゃよ。と言ってもあと半日はかかるがのぉ」

商人のおじいさんは馬車を停《と》めると、頭を軽くかきながら言った。

「ご同行してもよろしいでしょうか？」

「よろしいですとも。ワシも暇《ひま》を持て余していたところです。話し相手になってくださいますかな？」

おじいさんは人の好《よ》さそうな笑《え》みを浮《う》かべた。

護衛はいないのかな？　まあいいか。

「喜んで」

俺も聞きたいことが山ほどあったので、丁度良い。

荷台に乗るのは無礼だと思ったので、ゆっくりと荷台を引く二頭の馬の速さに合わせながら、自分の足で歩いていくことにした。

「ワシはガルファと申します。旅のお人は、どちらから来なさったんですか？」

「タケルです。色々とありまして、あちらの山の向こうで修業をしていました。その帰りです」

「タケル様。あそこは竜《りゅう》の巣と呼ばれる山々なのをご存じで？」

ガルファさんは、やや驚《おどろ》いた表情で言った。

「いえ。有名な山なんですか？」

「そうじゃなぁ。一年ほど前にドラゴンの姿が確認されたので、竜の巣と呼ばれております」

そんな有名な山を俺が知らなかったということは、最低でも一年は修業していたということか。

確か、道中でドラゴンの巣を発見した記憶《きおく》があるので、その後でドラゴンが現れたのだろう。

「ドラゴンですか……？　冒険者パーティーが討伐に赴《おもむ》いたりはしたんですか？」

「半年ほど前に、とあるSランクパーティーが行くという噂《うわさ》は聞きましたが、どうやらまだ行っていないようですな」

Sランクパーティーか。俺たち『漣』が目指していたところだ。

あいつらどうしてるのかな。

「それにしても……タケル様は修業に行ったからか、服がかなり綻《ほころ》びてますな」

ガルファさんに言われてようやく自分の身なりに気がついたが、短髪《たんぱつ》だった髪《かみ》も伸《の》び切っており、服は傷や汚《よご》れで布切れのようになっていた。

「これは、街に入る前に着替《きが》えないと迷惑《めいわく》になりそうですね」

冒険者ではない一般人《いっぱんじん》が、こんな格好《かっこう》で街を歩いたら完全に不審者《ふしんしゃ》だ。

「おや。フローノアが見えてきましたよ」

服装を見ていて俯《うつむ》いた顔を上げると、目の前には以前と変わらない街並みが広がっていた。

「おぉ！　懐《なつ》かしいなぁ……」

やっと帰ってきたか……あいつらはまだここにいるのだろうか。

第2話　Fランク試験

「ガルファさん。ありがとうございました！」

フローノアに到着《とうちゃく》したので、ここでガルファさんとはお別れだ。

「いいんですよ。これを差し上げましょう。見たところ一文無しでしょう？」

深い皺《しわ》を刻みながら笑ったガルファさんは、指で銀貨を一枚弾《はじ》いてきた。

「悪いですよ！　俺《おれ》は何もしてませんし」

俺は反射的に銀貨を受け取ったが、ガルファさんに返そうとすぐに詰《つ》め寄った。

「ワシのような老いぼれと話をしてくれたお礼です。では、お達者で」

結局、ガルファさんは俺が返そうとした銀貨を受け取ることなく、馬車を走らせて行ってしまった。

だが、俺はガルファさんの言う通り一文無しだったので感謝しかない。

ギルドに向かう前に身なりを軽く整えないとな。

幸い、体質の問題で髭《ひげ》は生えていないが、髪《かみ》の毛は伸《の》び切っていて体の汚《よご》れも酷《ひど》いもんだ。

ということで、最初は街の温泉に向かうことにした。

◆　◆　◆　◆

温泉で汚れを流した俺は、ゆっくりと辺りを見渡《みわた》しながら街道《かいどう》を歩いていたが、街並みに大きな変化はなかった。

温泉で銅貨二枚を払《はら》ったので、残りは銅貨八枚。

通貨価値も銅貨十枚で銀貨一枚と、以前と変わっておらず安心した。

人波みに流されながら暫《しばら》く歩くとギルドに到着したので、早速《さっそく》だが冒険者《ぼうけんしゃ》登録をしに行く。

『漣《さざなみ》』のタケルとしてリスタートすることも考えたが、彼《かれ》らから見放された俺は、もう『漣』のタケルではない。己《おのれ》の実力と向き合うため、またゼロから始めることにした。

その場合、『漣』の頃《ころ》にギルドに預けていた金を引き出すことができなくなるが、そこは割り切るしかない。

そんなことを考えながらギルドの中へ入るが、こちらも街並みと同様に特に変化は見られない。

冒険者や受付嬢《うけつけじょう》の中に見たことのない顔もあるが、知っている顔も多く見られた。

あっちから見たら風貌《ふうぼう》が変わり過ぎて、俺のことを認識《にんしき》できなさそうだな。

「初めまして、冒険者ギルドへようこそ。本日のご用件はなんでしょうか？」

俺は馴染《なじ》みのある受付嬢、サクラのもとへ向かった。

俺が冒険を始めた十六歳《さい》のころに新人受付嬢として、俺のことを担当してくれていた旧知の仲だ。

案の定というべきか、俺のことはわからず新人冒険者だと思っているようだ。

「冒険者登録をお願いします」

「かしこまりました。では、Fランク試験の申し込《こ》み用紙にご記入をお願いします」

ん？　試験なんてものはなかったはずだが。

「すみません。試験とはなんですか？」

「Sランクパーティー『漣』の意見により二年前から導入された制度になります。ランクを上げるには毎回試験を受ける必要があります。冒険者登録にはFランク試験、次へ上がるにはEランク試験、このようにステップを踏《ふ》んでいくんです」

そんなことよりも、まさかあいつらがSランクパーティーになっていたとはな。

二年前に導入されたということは、俺は少なくとも二年はあそこにいたということか。

だんだんと時系列が分かってきたが、この間に色々な出来事があったんだろうな。

「ありがとうございます。書き終えましたので試験の日時について教えてくださいますか？」

名前欄《らん》にタケルと書き、その他の戦闘《せんとう》経験やスキルや魔法《まほう》についても適当に書いていくが、特に詳《くわ》しくチェックをしていないようで、全く怪《あや》しまれることはなかった。

「Fランク試験は週に三回ほど行っておりまして、直近だと一時間後にありますが、どうなさいますか？」

「では、それでお願いします」

サクラはこれだけ話しているのに全く俺に気がつく気配がなかった。

「かしこまりました。それにしても、冒険者志望の方なのに随分丁寧《ずいぶんていねい》な言葉遣《ことばづか》いですね」

昔から俺は基本的に丁寧語で話すように心がけているのだ。

親しくなったら別だが。

「ありがとうございます。では、また後で」

俺は軽く手を振《ふ》り受付を去った。

俺のことはそのうち気付くだろうし、今言う必要もないかな。

◆◆◆◆

「Fランク試験を受ける皆様《みなさま》、こちらの部屋にお入りくださぁーい」

街をぶらぶらしながら一時間を過ごし、ギルドへ戻《もど》ってくると、丁度良く呼びかけが始まっていた。

俺は人混みに紛《まぎ》れながら廊下《ろうか》を歩き、流されるがままに入室した。

というか、こんなに受ける人がいるのか。

三十人、いや五十人ほどいるだろうか。

「オレは試験官のジャクソン。Dランク冒険者で拳闘士《けんとうし》をしている。試験内容は簡単だ。魔法使いは的当てと詠唱《えいしょう》、その他の戦闘職は模擬《もぎ》戦だ。質問ある奴《やつ》は……いないな？　では、分かれろ！　すぐに試験を始めるぞ！」

試験官が熱のこもった言い方で試験内容を簡潔に伝えると、早速試験が始まった。

中央に仕切りがあり、魔法使いは窓が設置された右側のフロアに行き、俺を含《ふく》めたその他の者達《たち》は左側のフロアに向かう。

そして次々と冒険者志望の剣士《けんし》達が呼ばれ模擬戦を行っていく中で分かったが、どうやら勝ち負けは関係なく、試験官の裁量で決まるようだ。

「最後だ！　そこのロン毛の男とその右隣《みぎどなり》に座《すわ》る赤髪の女！」

いよいよ出番か。弱小とはいえ元Aランクだ。

パッと終わらせて帰ろう。

両者向かい合い、試験官の合図で模擬戦が始まる。

「はじめぇ！」

「――縮地！」

俺は開始の合図とともに軽めの縮地を使い、瞬時《しゅんじ》に赤髪の女の懐《ふところ》へ入り、鳩尾《みぞおち》に向かって峰打《みねう》ちをした。

「……ごふッ……ッ！」

小柄《こがら》な赤髪の女は、くの字になり、腹を押《お》さえて蹲《うずくま》り、試験官が慌《あわ》てた様子で試合の終了《しゅうりょう》を告げる。

俺の動きが僅《わず》かに見えていたのか、峰打ちの直前に赤髪の女はハッと驚《おどろ》きながらも防御《ぼうぎょ》態勢を取っていた。

「今の動きが見えるとは、驚いたな」

俺は素直《すなお》に感心した。

「っ！　しゅっ、終了！　貴様、今なにをした⁉」

今のはAランクパーティーにいた頃のスピードよりも遅《おそ》いくらいでかなり手加減したんだけどな。

「速く動いただけです。それで、合格ですか？」

俺は速いだけだ。これくらいしかできない。

「あ、ああ。合格だ……。この攻撃《こうげき》に対して防御態勢を取り、意識を奪《うば》われることがなかった赤髪の女も合格とする。よし、これにて試験は終了だ！　不合格者は次の試験に向けて励《はげ》みたまえ！　解散！」

やっと終わった。

待ち時間で三十分ぐらいあったからそっちの方が疲《つか》れたな。合格したのは六割くらいだろうか。かなり甘《あま》めに採点をしていた気がする。

「ま、待ってください！　ロン毛の人！」

ん？　ロン毛の人って俺のことか？

俺は自分の髪の長さを改めて確かめながら振り向いた。

「なんですか？」

振り返ると腹を押さえながら、よろよろと立ち上がろうとする赤髪の女がいた。

「い、いまのはなんですか？　私に何をしたんですか？」

「速く動いたんですよ。こうやってね」

俺は軽く縮地を使うと、赤髪の女の目の前に移動した。

「す、すごいです！　私はアン。十九歳です。アンって呼んでください！」

アンと名乗った赤髪の女は、前傾姿勢《ぜんけいしせい》になりながら自己紹介《しょうかい》をした。

随分と積極的な子だな。明るく活発な性格なのだろう。

左の腰《こし》に差した長剣《ちょうけん》から予想するに、右利きの剣士だろうか。

肘《ひじ》や膝《ひざ》などの関節部分を中心に覆《おお》っている鉄鎧《てつよろい》は綺麗《きれい》に整備されている。

「俺はタケルです。年齢《ねんれい》は……。何歳だ？」

「ふふっ。タケルさんは面白《おもしろ》い人ですね。見たところ私と年は近いように見えますが……どうでしょうか？」

アンは口元に手を添《そ》えながら小さく笑った。

二十歳《はたち》の時にここを出たから、二十二歳以上は確実だな。

「よくわかりませんが、そういうことにしておきましょう。では、失礼します」

俺は早速クエストを受けたかったので、サッと話を終わらせた。

もっとランクを上げてあいつらにギャフンと言わせたいのだ。

「あ、あの、私とパーティーを組んでくれませんか？」

背後からパーティーの勧誘《かんゆう》をしてきた彼女《かのじょ》の言葉に、俺は一瞬硬直《いっしゅんこうちょく》した。

「パーティーか」

最初から一人で冒険したほうが、以前のようなトラウマを想起せずに済むだろう。

だが、今の俺は修業のせいで世間から離《はな》れすぎた。一人で行動するのはややリスクが高いとも言える。

「ダメ……ですか？」

アンは不安そうな声色《こわいろ》で俯《うつむ》いていた。

「うーん……わかりました」

パーティーメンバーに裏切られた過去があるので迷った。しかし、いまのところアンは悪人には見えない。

仲間がいた方が心強いと判断し、ここは承諾《しょうだく》することにした。

「や、やったっ！」

アンは小さくガッツポーズをして喜んでいた。

「タケルさんはもうクエストに行くんだよね？　あっ、行くんですよね？」

「話しにくいならタメ口でいい。俺もタメ口で話すからな」

「ありがとう！　私、強くなりたいからタケルさんからは色々と学べると思うの！」

そういう理由で誘《さそ》ってきたのか。そういった向上心からの誘いなら安心できる。

「なるほど、そうだったのか。てっきり峰打ちをされて喜ぶ変わった人なのかと……」

もちろん冗談《じょうだん》だ。

「なっ!?　そんなわけないじゃない。痛かったんだからね」

アンは真っ赤な顔で腹をさすりながら答えたが、少し笑っているようにも見えた。

「時間が勿体無《もったいな》いしクエストに行こう」

「もう、あんまりからかわないでよね⁉」

アンの反応を楽しめたので、俺は改めてクエストの受注に向かった。

こうして、俺は第二の冒険者人生、初めてのパーティーメンバーに出会ったのだった。

◆　◆　◆　◆

「『漣』は、三年くらい前にとある人が悪事を働いてパーティーから脱退《だったい》したことでガラッと方針が変わって、それからたった一年で世界で五組目のSランクパーティーになったんだって！」

クエストへ向かう道中、アンにSランクパーティーについて聞くと、冒険譚《たん》が大好きなのかペラペラと話してくれた。

そして、俺が三年間も山にいたことが発覚し、同時に年齢が二十三歳だと分かったのだった。

「悪事ってどんな悪事を働いたんだ？」

俺は脱退というよりも強制的に追放された形だ。

色々と話が脚色《きゃくしょく》されていて、もうどういう反応をしたら正解なのかわからない。

「なんでも、聖女候補のスズ様と賢者《けんじゃ》候補のサラリー様に日常的に暴力を振るっていたとか。それに痺《しび》れを切らした勇者候補のロイ様がお怒《いか》りになったみたい。タケルさん？　変な顔してるよ、どうしたの？」

　というか、日常的に言葉の暴力を浴びていたのは俺の方なんだがな。

　なんちゃら候補も気になるが、今聞きたいのは俺の扱《あつか》いがどうなったかだ。

「なんでもない。それで、その脱退したやつはどこに行ったんだ？」

「それは、誰《だれ》もわからないみたい。もともと名の知れた人ではなかったらしくて、私の周りの人もみんな知らなかったよ」

　フローノアで唯一《ゆいいつ》のAランクパーティーにいたはずなのに名が知られていないって、どんだけ影《かげ》が薄《うす》かったんだろう。

「そ、そうか。可哀想《かわいそう》なやつだな」

　過去の自分を哀《あわ》れむ自分が一番可哀想だ。

「うん。ただ、二つ名はみんな知ってたよ。その人が街からいなくなってからだけど、色々な理由で【光速移動】って呼ばれてるみたい」

　二つ名なんて全く知らなかったな。

　由来は俺の攻撃スタイルと街から姿をくらました速さからだろうか。

　嬉《うれ》しいが、かなりダサいな……。

「そうか……よし、着いたぞ。ここがバトルボアの巣だ。こういう深い洞穴《ほらあな》を自分の牙《きば》で掘《ほ》って根城にしているんだ」

　俺たちが受けたクエストはEランクのバトルボアの討伐《とうばつ》だ。最近、数が増えているらしく、草原が踏み荒《あ》らされているらしい。

ちなみに、クエストは自分の一つ上のランクまで受注することができる。つまり、バトルボアは俺たちにとっては格上ということになる。

「いきなり私たちだけで平気？　私、モンスターの討伐なんて初めてだよ？」

アンは不安そうな顔だが、バトルボアなら攻略法《こうりゃくほう》を知っていれば何ら問題ない相手だ。

それに、手加減したとはいえ、アンは俺の縮地に反応できていたので問題はないだろう。

「安心しろ。やつらは単独行動を好むから二人いれば事足りる。初撃さえ躱《かわ》すことができれば、一人でも倒《たお》せるはずだ。それに、バトルボアは確実にアンを狙《ねら》いにくる」

俺は洞穴の中に石を一つ投げ入れ、バトルボアに敵の存在を知らせた。

やつらは知能が低いので、これだけでノコノコとやってくるのだ。

「わ、私が狙われる⁉　が、頑張《がんば》るね！」

アンが剣の柄《つか》をギュッと強く握《にぎ》りながら構えた。

「来るぞ……。俺が合図をしたら左右どちらかに回避《かいひ》しろ」

アンが小さく頷《うなず》いた。

そして、ドドドド、とバトルボアの足音が徐々《じょじょ》に近づいてくる。

「ま、まだ……？」

待ちきれない様子でアンが聞いてきたが、まだ早い。

「まだだ」

洞穴の中はかなり音が反響《はんきよう》するので、慣れてこないと敵との距離感《きよりかん》が掴《つか》みにくい。

「――今だ！」

「それっ！」

洞穴の中からギラついた目で走り込んできたバトルボアはアンに突進《とつしん》するも、横に飛んだアンにあっさりと回避される。

「今のうちに後ろから頭を一突《ひとつ》きしろ！」

バトルボアは自身のスピードも相まって静止するのに苦労し、振り向くまでに時間がかかる。

ここを狙うのだ。

「う、うんっ！」

バトルボアがこちらに振り向く前に、アンは素早《すばや》く剣を後頭部へ突き刺《さ》した。

同時にバトルボアは「プギィ……」と小さな呻《うめ》き声をあげて、草原に横たわった。

「初めてなのに躊躇《ちゆうちよ》なく刺せるなんて凄《すご》いじゃないか。討伐おめでとう」

俺が初めての頃なんて刺すのも怖《こわ》かったし、刺した後に飛び散る鮮血《せんけつ》も怖かったからな。

「あ、ありがとう！　タケルさんはその口ぶりだと、昔何かやってたの？」

「まあ、少しな」

バレてもいいのだが、世間から見た俺の評価が良くないところを考えると、少し名乗りづらいな。

「それに、どうして私の方にバトルボアが来るってわかったの？」

「簡単だ。バトルボアは自分より弱いと思ったやつにしか攻撃をしてこないんだ」

俺もDランク冒険者になるまではバトルボアに追いかけ回された記憶《きおく》がある。

タイミングをわかりさえすれば、あっという間に倒せるのにな。

「じゃあ、帰ろ！　初クリアを祝してジュースで乾杯《かんぱい》しようよ！」

ルンルン気分なところに水を差すようで悪いが、嫌《いや》な予感がする。

なんだ、この音。まさか……。

「待て。さっきも言ったが、バトルボアは単独行動を好むが、好むだけなんだ」

「え？　それって……！」

アンは察しがいいな。これは少しめんどくさいことになった。

「音が聞こえるだろ？　取り敢《あ》えず後ろの広い草原に行こう。集団で来られたら、ここだと対応が難しい」

洞穴から聞こえてくる地鳴りのような音は着実にこちらへ向かってきていたので、俺たちは開けた草原に移動する。

「タケルさん、大丈夫《だいじょうぶ》なの⁉」

無事に移動できたのはいいものの、アンはあたふたと心配そうにしていた。

「俺の後ろにいてくれ。すぐに終わらせる」

来たな。数は一、二、三……八ってところか。

「――縮地！」

俺は草原を駆《か》けてきたバトルボアの群れ目掛《めが》けて縮地で接近していく。

「一閃《いっせん》」

俺は、やや手前で抜刀《ばっとう》し横薙《よこな》ぎに振るった。

「プギィィッ⁉」

よし。終わった。

俺が刀を鞘《さや》に納める頃には、バトルボアは横に真っ二つになっていた。

「えっ、はぁ⁉　えぇぇ⁉」

「ど、どうした？　怪我《けが》でもしたか？」

突然《とつぜん》、俺の背後に隠《かく》れていたはずのアンが大声を出した。

「バトルボアの群れが、一瞬で横にスライスされた……。魔法？　スキル？　なにが起きたの⁉」

アンは目を見開きながら興奮した様子で、徐々に語気を荒《あら》らげて言った。

「全部ハズレだ。これはただの技術に過ぎない。努力さえ積めば誰でもできる。俺は魔法は全く使えないし、スキルは戦闘用のものは持っていない」

俺は索敵《さくてき》や隠密《おんみつ》など地味なスキルしか持っていないのだ。

「そ、そうなんだ……。よく分からないけど守ってくれてありがとう！」

「いいんだ。さあ、素材の採取をしたらすぐに帰ろう。腹が減った」

今回のクエスト内容はバトルボアの討伐なので、クエストが完了《かんりょう》した証拠《しょうこ》としてモンスターごとに決められた討伐完了部位というのを受付に持って行かなければならない。

ちなみに、クエストの内容を問わず、討伐したモンスターの部位を納めることも可能だ。

その場合は、ギルドが部位の新鮮《しんせん》さや大きさなどに応じて、一定額で買い取ってくれる。

「うん！」

アンはグロテスクなモンスターの解体にも怯《おび》えることなく、せっせと取り組んでいた。

意外と肝《きも》が据《す》わっているのかもしれない。

◆◆◆◆

「お疲れ様でした。バトルボアが八体ですね……八体!? 凄いですね！ あと二回クエストをクリアしたらEランクの試験を受けることができるので、引き続き頑張ってくださいね！」

Fランクの頃のロイでも、一人で八体は無理だったろうからな。

普通《ふつう》に見れば快挙だろう。

「ありがとうございます！ 受付さん！」

サクラではない見知らぬ受付嬢から報奨金《ほうしょうきん》を受け取ったアンは、満面の笑《え》みだった。

「アン。報奨金はいくらだった？」

「銀貨二枚だったよ！」

銀貨二枚あれば、一人で宿に食事付きで二泊《はく》はできるな。

「それはアンが全《すべ》て受け取ってくれて構わない」

「な、なんで？ 半分に分けるのも申し訳ないのに、全部なんて！」

アンは銀貨を左右の手に一枚ずつ持ちながらグイッと近づいてきた。

「離れろ」

俺は片手でアンの頰《ほお》を摘《つま》みながら顔を遠ざけた。

「へびゅっぅ」

「俺は金に困っていない。その金はアンが大事に使ってくれ」

俺は、膨《ふく》れっ面《つら》のアンを置いてギルドを後にした。

本当は金なんて銅貨八枚しかないが、おそらく俺とアンの懐の薄さは同程度だと思うので、ここは男らしく格好《かっこう》つけさせてもらおう。

しかし、格好つけたはいいものの、こんなんじゃ飯だけで精一杯《せいいっぱい》だな。

今夜はどうやって過ごそうか。

第3話　友達《ともだち》がいない

結局、街の外れに生えた雑草の上で夜を明かした俺《おれ》は、なけなしの銅貨で温泉に寄ってからギルドに来ていた。

「タケルさん、遅《おそ》いよ！　もうお昼過ぎだよ⁉　ずっと待ってたんだよ？」

アンはギルドの掲示板《けいじばん》の前でぷんすか怒《おこ》った様子で捲《まく》し立てた。

仕方ないだろう。

昨日の帰り際に、待ち合わせの約束なんてしてなかったからな。

「そうか、すまなかった。今日からは別れ際に集合時間を決めようか」

待たせてしまったのは事実なので、謝罪は述べておいた。

「そうしてくれるとありがたいかな。昨日から思ってたんだけど、タケルさんってその全身黒い服がお気に入りなの？」

アンは俺の全身を不思議そうに見ていた。そういえば、温泉に入って体がさっぱりしたことで、服に金をかけるのをすっかり忘れていた。

というか、こんな服がお気に入りなわけあるか。なんの装飾《そうしょく》もない薄汚《うすよご》れた服だぞ。くすんだ黒いブーツは気に入っているが、それ以外はひどいものだ。

「ちゃんとした服が欲《ほ》しいから、クエストが終わったら買いに行くか」

「うん。あっ！　私これがいい。適性はEランクだけど大丈夫《だいじょうぶ》かな？」

アンが話しながらも掲示板の中から選んだのは、Eランククエストのゴブリン討伐《とうばつ》だった。

これに対する俺の答えは決まっていた。

「ダメだ。なぜそれを選んだ？」

「なぜって、バトルボアより弱そうだし、最初はみんなこれをやるから？」

アンはあっけらかんとした表情で答えた。

「こいつらは己《おのれ》の弱さを知っているから集団で行動するんだ。人間の女は攫《さら》われると死ぬまで慰《なぐさ》み者にされる。男はその場で殺され喰《く》われる。どうしてEランクなのかずっと疑問なくらい残酷《ざんこく》なクエストだ。それでも行きたいか？」

Dもしくはcランクくらいが丁度いいと昔から思っていた。

「う、ううん。絶対に行かない……」

俺が言ったことを想像したのか、アンは体をブルブルと震《ふる》わせた。

「そうか、良かった。もっと強くなったら行こうな。それでなんだが、俺のおすすめはこれだな」

掲示板の上の方にあった紙を剥《は》がし、アンに見せる。

「ファストウィークラビットのツノの採取？　そんなFランククエスト、聞いたことないよ」

「ああ。ギルドの近くの山の麓《ふもと》に生息しているモンスターだ。一度、戦ってみてほしい。きっといい経験になるはずだ」

「タケルさんがそう言うならやってみるけど、ピンチになったら助けてよね？」

「ああ」

まあ、そんなことにはならないと思うが。

◆◆◆◆

「もぉー！」

「静かに気配を感じろ。次はどの草むらから現れる？」

ギルドの近くの山の麓に来たのだが、アンはファストウィークラビットに翻弄《ほんろう》されていた。

「速すぎるよー。タケルさん、どうしたらいいの？」

このモンスターは草むらの陰《かげ》からFランクとは思えないスピードで飛び出して突進《とっしん》してくるのだ。

ただ、威力《いりょく》は皆無《かいむ》なのでふわふわの毛の塊《かたまり》が触《ふ》れたくらいにしか感じない。

「目で草むらを見るな。耳を使って空気の流れを感じるんだ」

こればっかりは説明が難しいので、実践《じっせん》してもらうしかない。

「やってみる」

アンは目を瞑《つむ》り、剣《けん》を構えた。

集中しているのが、こちらにも伝わってきた。

「ここっ！　あ……」

アンは右に剣を振《ふ》ったが、モンスターは左から現れた。

「真逆だ。まあ、これぱっかりはやり続けるしかない。このスピードに慣れないと、Cランクより先は厳しいな」

「うう。これからたまにここに来ようかな」

「地道でいい。最初から強い人なんて存在しないんだ」

ロイだって、最初の頃《ころ》はバトルボアに吹《ふ》き飛ばされて血だらけになっていたこともあったのだ。

「タケルさんも？」

「俺なんて、今でこそまあまあ強い自覚はあるけど数年前は酷《ひど》かった。ファストウィークラビットみたいな戦い方で非難もされていたしな」

「そっか」

このモンスターは俺に似ている。

あまりにも低い攻撃力《こうげきりょく》を他のものでカバーしようと試みるが、敵《かな》わないことの方が多いのだ。

「よし、行くか」

俺はサッと刀を一振《ひとふ》りし、ツノの回収を終えた。

「ええ⁉　いつの間に倒《たお》したの？」

俺は今すぐに服を着替《きが》えたい衝動《しょうどう》に駆《か》られていたので、早急にクエストを終わらせた。

「銅貨が五枚か……」

俺はギルドの入り口付近で、少ない銅貨を見つめた。

「それだと、あんまりいい服は買えないね。私も何か見ようかなー」

Ｆランククエストの報奨金《ほうしようきん》なので仕方ないだろう。

「まあな。明日も昼頃《ひるごろ》にここに集合でいいか？」

「う、うん……？」

アンは頭の上に疑問符《ぎもんふ》を浮《う》かべているようだった。

どうした？

「じゃあな。また明日」

俺が手を振り立ち去ろうとすると、アンは俺を呼び止めた。

「ま、待ってよ！　この流れは二人で買いに行くんじゃないの⁉」

勢いよく腕《うで》を引っ張られたので、仕方なく振り向いた。

「なんだなんだ。まだ夕方だぞ？　自分の時間もあるだろ。友達と遊ぶとか、買い物するとか」

「そ、その……」

途端《とたん》にもじもじし始めた。

適当にからかうか。

「……すまんな。気付けなくて。アンは友達がいないんだな」

俺は涙《なみだ》混じりの声を作りながら、憐《あわ》れむような目でアンのことを見た。

「うっ……そんな直接言わなくたっていいじゃん！」

アンは顔を真っ赤にして叫《さけ》んだ。

「気にするな。ほら、とっとと行くぞ」

こんなところで、時間をくってしまった。

日が暮れる前に急がねば。

「えっ、付いて行っていいの⁉　って置いてかないでよー！」

俺が先にギルドの外へ向かうと、アンはサラサラの長い赤髪《あかがみ》を揺《ゆ》らしながら走ってきた。

俺も友達なんていないので、断る理由はないのだ。


俺はとにかく安い服を銅貨を二枚だけ残して買えるだけ買った。

この二枚はもちろん朝の温泉のためだ。

今はその帰り道。

「タケルさん。また黒い服買ったんだね」

「一番無難だからな。まあ、黒は黒でも前のやつみたいに汚《よご》れてはいないから良いだろう」

俺は普段着《ふだんぎ》と冒険《ぼうけん》用の軽装を、それぞれ数枚ずつ購入《こうにゅう》した。冒険用の軽装に関しては、戦闘《せんとう》時の違和《いわ》感をなくすために、全《すべ》て同じものを購入した。

「そうだね。私も可愛《かわい》いワンピースが買えたから満足かな」

アンはワンピースを入れた袋《ふくろ》をぎゅっと両手で抱《かか》え込《こ》んだ。

「なあ。話は変わるんだが、『漣《さざなみ》』は今どこにいるんだ？」

これは、単純な疑問だった。

てっきり街に戻《もど》って来ればすぐに会えるもんだと思っていた。

「う〜んとね、王都で他のSランクパーティーと序列を争ってるみたいだよ。なんせ、魔王《まおう》討伐に向けたメンバーはSランクパーティーから選《よ》りすぐりの人たちが選ばれるからね！　私も憧《あこが》れちゃうな〜」

楽しげな様子でアンが教えてくれた。

あいつら、俺がいない間にすごいステップアップしたな。

「昨日言っていた勇者候補やらなんやらは、それのことだったのか」

様々な情報が頭の中で錯綜《さくそう》していて、いまいち整理しきれていない。

「そうだよ。勇者、賢者《けんじゃ》、聖女、戦士、それぞれ一人ずつ選ばれるの！」

ロイとサラリーとスズは三年前までは戦士や魔法使《まほうつか》いだったはずだが、戦士以外はかなり仰々《ぎょうぎょう》しい呼び方に変わったな。

「そうなのか」

「というか、今じゃ世界の常識だと思うけど、タケルさんって世間に疎《うと》いところがあるよね」

流石《さすが》に三年も離《はな》れていたらこうなってしまう。

「まあな。そこはあまり気にしないでくれ」

「うん！　あ、ここが私の宿だよ」

いいところに泊《と》まってるんだな。ある程度貯金はあるのかもしれないな。

「そうか。じゃあまたな」

「集合はお昼だからね！　タケルさんも気をつけて帰るんだよ？」

「……おう」

俺は宿無し文無しなんだ。

今夜も街の外れに行くか……。

第4話　弟子《でし》ができました

結局、昨日と同じく街の外れで一晩を明かしてしまった。

野宿は山籠《やまご》もりで慣れっこだから特に気にしないが、やはり街にいるからには普通《ふつう》に暮らしたいという願望もある。

「ボーッとしてるけど、どうかした？」

「いや、なんでもない。クエストは決まったか？」

俺《おれ》は温泉に入った後、アンとの約束通り昼頃《ひるごろ》にギルドへ来ていた。

「……うーん」

「今日はクエストはやめとくか」

俺は唸《うな》りながら悩《なや》み続けているアンを見て、一つ思いついたことがあった。

「ええ！　じゃあなにをするの？」

このパーティーが発展するいい機会だ。

「これだよ、これ」

受付の横から一枚の紙を取り、アンに見せる。

「これって……パーティーメンバーの募集《ぼしゅう》の紙だよね？　ま、まさか！　もうパーティー解散⁉

私って要《い》らない子？」

アンは頭の中で話を進めてしまったのか、今にも泣き出しそうな様子だ。

「アホか。そんなことしねぇよ。パーティーのバランスが悪いから魔法使《まほうつか》いを募集するんだよ」

「確かに私は戦士だし、タケルさんは……剣士《けんし》？」

元来、刀というのは海を跨《また》いだ極東の島から渡《わた》ってきたというので、そこの言葉通りなら俺はサムライだろうか。

「取り敢《あ》えず募集するか。まずはパーティー名を考えないとな。どうする？」

俺とアンは紙を持って、書き物ができるスペースへ向かった。

「タケルーズ？」

「却下《きやっか》」

そんな恥《は》ずかしい名前を真顔で言うな。

「闘猪殺《バトルボアキラー》は？」

なんか……ダサい。

「却下」

「もうダメ！　思いつかないよ！」

どうやら、アンはネーミングセンスが壊滅《かいめつ》的なようだな。

「俺も思いつかないな」

「あっ！　これはどう？」

そうして、アンは一つの単語を口にしたのだった。

◆　◆　◆　◆

結局、パーティー名は『一閃《いっせん》』になった。

理由は俺がバトルボアの群れを相手にしたときにボソッと聞こえたかららしい。

突拍子《とっぴょうし》もない理由だが、タケルーズよりは百倍はいいだろう。

「あとは初心者歓迎《かんげい》。魔法使い求む。定員一名。パーティーリーダーはタケルさんっと。貼《は》ってくるねー！」

アンはサラサラと必要な情報を書き終えると、募集掲示板《けいじばん》に紙を貼りに行った。

自分で戦士とは言っていたが赤の革鎧《かわよろい》は相当軽そうなので、戦士感はあまりないな。まあ、どうでもいいことか。

あとは待つだけか。

暗くなるまでに、誰《だれ》か来るといいな。


「来ないね」

テーブルに肘《ひじ》をついたアンが言った。

「まだ、貼ったばかりだしな」

一時間ほどしか経《た》っていないので当然だろう。

もう少しの辛抱《しんぼう》だ。


「もう空も赤くなってきたね」

アンの顔は夕焼けで真っ赤に照らされていた。

「……ああ。だが、まだ帰る時間帯じゃない」

あと少しで外は暗くなってくるだろう。

募集を始めてから四時間ほどしか経っていないので、まだまだこれからだ……。

はぁ。


「ほ、ほんとに来るのかな?」

「……」

「もう喋《しゃべ》らなくなってるじゃん!」

仕方ないだろ。七時間も待ったのに、誰一人来ないんだから。

まさかこんなにも人が来ないとは、思いもしなかった。

「はぁ。今日は帰らない? また――」

「すみません。この紙を見たんですが」

アンの言葉を遮《さえぎ》るようにして現れたのは、パーティーメンバーの募集の紙を手にした銀髪《ぎんぱつ》の青年だった。

「え⁉　私たちのパーティーに入りたいの？」

そんなに食い付くな。待ちわびていたみたいで恥ずかしいだろ。実際に待ちわびていたけど。

「ええ。こんな私でよろしければ。魔法剣士のルークと言います。よろしくお願いします」

青年は整った顔だからこそ許されるようなキザな態度で、恭《うやうや》しく一礼をした。

「もちろん、大歓迎だよ！　タケルさんはどう？」

「……いいんじゃないか」

正直、魔法剣士なら万能《ばんのう》なのでありがたいと思ったが、さっきからアンのことを見る目がかなり怪《あや》しい。

アンは気付いていないようなので、ここは一先《ひとま》ず様子見だな。

◆◆◆◆

翌日。

昨日は顔合わせもそこそこにすぐに解散した俺たちは、Ｅランククエストのオーク討伐《とうばつ》に来ていた。

「へぇー、アンちゃんって言うんだね。よろしくね！　こちらのロン毛の男性は？」

ルークさんはアンとの距離《きょり》を、半ば強引《ごういん》に縮め、二人並んで歩いていた。俺はそんな光景を後ろから静かに眺《なが》めていた。

「俺はタケルといいます。一応パーティーリーダーをやってます。よろしくお願いします」

ロン毛の男性か……。そろそろ短く切ろうかな。

「そうですか。お二人のランクを聞いてもよろしいですか？」

「はい。二人ともFランクで、このクエストをクリアしたらEランクの試験を受けられるようになるんです」

「実は私はDランクでしてね、困ったら助けに入りますので安心してください」

Dランクか。中堅冒険者《ちゅうけんぼうけんしゃ》といったところか。

だが、この銀色に光るゴテゴテの鉄鎧《てつよろい》はどう見てもDランク冒険者が手を出すものではないな。

歩く動作を見ても、かなり動きを制限されていることがわかる。

というか、俺と話すときの口調は相当に偉《えら》そうなのに、アンと話すときは露骨《ろこつ》に優《やさ》しく感じるのは気のせいだろうか。

「頼《たよ》りになりますね！　でも、こう見えてタケルさんも強いんですよ！」

こう見えては余計だ。

確かにゆったりとしたサイズ感の安物の黒い布切れを着てはいるが、個人的には気に入っている。

「まあ、多少は腕《うで》に自信があります。それよりもオークの姿が見えてきましたよ。どうしますか？」

「では、私がやります。魔法剣士として素晴《すば》らしい戦いをお見せしますよ」

ルークさんは自信満々と言ったような口ぶりで右手に短剣《たんけん》を構えた。

魔法剣士は利《き》き手に武器を持ち、空いている方の手で魔法を発動するのだ。

剣と魔法をどちらも極めることは難しいが、上手《うま》く使えば万能な立ち回りができるため重宝される。

良い言い方をするのなら万能型、悪い言い方をするのなら器用貧乏《びんぼう》。本人の立ち回り次第《しだい》で大きく変わる。

「では、行きます！」

ルークさんは重量感のある鉄鎧のせいか、お世辞にも速いとは言えないスピードでオークに向かって行った。

ルークさんは水魔法と短剣を使いながら一進一退の攻防《こうぼう》を繰《く》り広げていたが、終わったころには汗《あせ》だくで、爽《さわ》やかな青年の見る影《かげ》はなくなっていた。

それもまあ当然だ。頑強《がんきょう》な鉄鎧に物を言わせて、全く防御《ぼうぎょ》態勢を取らないし、短剣の扱《あつか》いも慣れていなかったからな。

「はぁ……っ……はぁ……。どう、でしたか？　アンちゃん」

結果的にルークさんは一匹《ぴき》のオークを相手に辛勝《しんしょう》した。

「は、はい。凄《すご》いと思います……」

アンは俺の方をチラチラと見ながら言った。

気付いているのだろう。今の戦い方だとこの先は危ないと。

「で、ですよね！　では、アンちゃん。私とパーティーを組みましょう！　戦い方を一から教えてあげますよ」

ルークさんはボロボロになった体を引きずりながら、ゆっくりとアンに接近した。

「ダメだ。その戦い方だと危険すぎる。いつ命《いのち》を落としてもおかしくはない」

俺はそんな二人の間に無理やり入り込《こ》んだ。

この時、つい言葉が強くなり敬語をつけ忘れてしまっていた。

「ごめんなさい。私もタケルさんの言う通りだと思います」

アンは俺の隣《となり》にやって来て、ペコリと頭を下げた。

だが、それを聞いたルークさんは眉《まゆ》を顰《ひそ》めていた。

「では、後ろでずっと見ていただけの君は、あそこに残っているオークをどうやって倒《たお》すのですか？」

ムッとした顔のルークさんが草原をのんびりと歩いているオークを指差して言った。

「オークはモンスターの中では遅《おそ》い方だからスピードで撹乱《かくらん》するのがいいだろう。一撃《いちげき》は重いが、皮《ひ》膚《ふ》は脆《もろ》い。オーガの完全な下位互換《ごかん》といった感じだ」

「ほう？　では、実践《じっせん》をお願いしても？」

アンは俺とルークさんの間に流れるやや不穏《ふおん》な空気にあわあわしていた。

「ああ」

俺は縮地を使わず、本来のスピードでオークに向かって行った。

こちらに気付いて殴《なぐ》りかかってくるオークの拳《こぶし》を見切り、余裕《よゆう》を持って躱《かわ》す。

オークは攻撃《こうげき》の反動が多少あり、一撃の後は僅《わず》かな時間だが隙《すき》が生まれる。

そこを上手く利用することで、脆い皮膚に一太刀《ひとたち》を浴びせることが可能なのだ。

「凄い……」

刀を振《ふ》り抜《ぬ》いてオークの首を飛ばした俺の背後から、ルークさんの感嘆《かんたん》の声が聞こえてきたので、
俺はゆっくりと歩いて先ほどの位置まで戻《もど》った。

「モンスターの情報と自分の攻撃スタイルについて詳《くわ》しく知らないと痛い目に遭《あ》います。せっかく魔法が使えるんですから、まだまだ上を目指せると思いますよ。アン、行くぞ」

「え？　置いていっていいの？」

「ああ」

俺たちは考え込むような表情で俯《うつむ》いたルークさんを置いて街へ帰還《きかん》した。

◆　◆　◆　◆

翌日。ギルドへ行くと、予想だにしない出来事が起きていた。

「タケルさん！　いえ、師匠《ししょう》、私を弟子にしてください！」

俺の目の前には深く頭を下げるルークさんの姿があった。

どうしてこうなった。

「昨日は結構きついことを言ったつもりだったんですが……。取り敢えず顔を上げてください。周

りの目もありますから」

「私は師匠の助言で自分を見つめ直すことができました！　正直なところ、パーティーにはアン嬢《じょう》が目当てで応募《おうぼ》したのですが、昨日の師匠に感銘《かんめい》を受けた次第です。それに、私ごときが師匠と同じパーティーに入るなど畏《おそ》れ多い」

顔を上げたルークさんは鋭《するど》い目付きで俺とアンの姿を見据《みす》えながら捲《まく》し立てた。

鋭いといっても、別に敵対しているわけではなく、何やら強い意志を感じる瞳《ひとみ》だった。

「つまり、ルークさんはパーティーには入らずに弟子になりたいってことですか？」

「はい！　で、どうですか？　それと私のことは呼び捨てで、敬語もなくて構いません！」

本人が言うならそうさせてもらうが、本当に良いのだろうか。

「わかったよ、ルーク。お互《たが》い時間が空いている時は、また一緒《いっしょ》にクエストに行こう」

「ありがとうございます！　では、私は早速《さっそく》クエストに行きますので、失礼いたします！」

ルークは軽い足取りで立ち去った。

今気付いたが、ルークは昨日のような重量感のある鉄鎧を着ておらず、代わりに露出《ろしゅつ》部分は多いが俊敏《しゅんびん》な動きができそうな鉄鎧を身につけており、さらに腰《こし》には長剣が差してあった。

「タケルさん。もう一度、募集し直しだね……」

「……そうだな」

次こそは普通の人が来てくれることを願う。

弟子となったルークがクエストへ向かい、アンがパーティーメンバーの募集を再びかけてから、早一時間が経過していた。

「やっぱり来ないねー」

まさかこんなに来ないとはな。募集掲示板に秘密があるかもしれない。

「ああ。ちょっと見てくる。位置が悪いのかもしれない」

「はーい」

アンはだらしなく椅子《いす》に座《すわ》りながら机にぐでーっと上半身を預けていた。

俺はそんなアンのことを一瞥《いちべつ》してから、募集掲示板の前に来たのだが、そこにはとてつもない量の紙が貼ってあった。

これでは、人が来ないのも頷《うなず》ける。

ルークが俺たちのところに来てくれたのも奇跡《きせき》に近いかもな。

アンの身長が低いせいか、俺たちの紙は一番下の端《はし》っこに埋《うも》れていた。

真ん中にドーンと貼り直すか。

「あっ……すみません」

俺が紙を剥《は》がそうと手を伸《の》ばすと、一五五センチくらいのアンよりも五センチほど身長が低い女の子と手が触《ふ》れてしまった。

同時に同じ紙を取ろうとしてしまったようだ。

「もしかして、パーティーに入りたい人ですか？」

女の子は、自身の身長と同じくらいの杖《つえ》を持ち、全身を覆《おお》うような、チャコール色のローブを着ていた。

そして、首元には顔が全部隠《かく》れそうなほど大きいフードが付いていた。

「……ぁ、はい！　も、もしかして……あなたもですか？」

おどおどした様子で聞いてきた。

「いえ。俺はこのパーティーでリーダーをしているタケルというものです。詳しい話はあちらで伺《うかが》いましょう」

この娘《むすめ》……魔力が桁違《けたちが》いに多いな。

「は、はい！」

俺は紙を取り、アンが退屈《たいくつ》そうに待つ席へ向かった。

「アン。起きろ」

幸せそうな顔で寝《ね》ていたアンの頬《ほお》をペチペチする。

「……んぁ。あぁ。って、もしかしてパーティーに参加希望の人⁉　だ、だらしないところを見せちゃった……」

目を覚ましたアンは、露骨にあたふたとしていた。

「ああ。そのとおりだ。では、そちらの席にお掛《か》けください」

俺たちのやり取りを見て少し驚《おどろ》いた様子の女の子を、向かいの席に座らせた。

「失礼します……」

女の子は両手で杖をぎゅっと握《にぎ》りながら座った。

緊張《きんちょう》しているみたいだな。

「まず、名前と年齢《ねんれい》と冒険者ランクを教えてください」

「僕《ぼく》は、シ、シフォンと言います。十六歳《さい》です……。ランクはEです」

おどおどしており、まるで小動物のような印象を受ける。

髪色《かみいろ》は雷《いかづち》を彷彿《ほうふつ》させるような、チャコール混じりのくすんだ黄色。かなり肌《はだ》が白いこともあって、髪の色が目立つ。

「アン。オークの討伐を受注してきてくれ」

「え？　う、うん」

戸惑《とまど》った様子だが、受付の方に走って行った。

「早速、魔法を見せてもらいたいんですが、大丈夫《だいじょうぶ》でしたか？」

「だ、大丈夫です！　でも、その……」

何やら視線を泳がせて、突然《とつぜん》もじもじし始めた。

「なにか？」

「い、いえ！　なんでもないです……」

ほんとに大丈夫かな。

「クエスト受けてきたよ！　もう行くの？」

シフォンさんはなにか言いたげな様子だったが、このタイミングでアンが帰ってきた。

「ああ」

シフォンさんには申し訳ないが、時間が惜《お》しいので、俺たちはクエストへ向かうことにした。

◆◆◆◆

「でねでね。タケルさんは私のほっぺたを、むぎぃーって摘《つま》んできたの！」

「ふふっ。仲がいいんですね」

道中、あっという間に打ち解けた二人の後ろをひっそりと歩いていた。

俺と話してた時は言葉に詰《つ》まってたが、アンとは楽しそうに話していた。

「タケルさん。もっとシフォンと話したいから、パーティーに入れてあげてね？」

それに関しては答えられなかった。

ルークのような危険な戦い方なんかされたら、流石《さすが》に厳しいしな。

「二人とも。着いたから気を引き締《し》めろ。オークとはいえ油断はするな」

ギルドを出発する際、気軽に接してほしいと言われたので、シフォンにもアンと同じように接する。

「じゃあ、シフォン。早速魔法を見せてほしい」

ルークのような魔法戦士ではなく、純粋《じゅんすい》な魔法使いなので期待できる。

「楽しみだね！」

アンはそういうが、シフォンは既《すで》に集中しているようだった。

「雷槍《サンダースピア》！」

数秒間魔力を練り上げ、無詠唱《むえいしょう》で発動した魔法は中級魔法の雷槍《サンダースピア》だった。

その規模と質は相当なものだった。雷槍《サンダースピア》を受けたオークは声を上げるまもなく崩《くず》れ落ちた。

すごいな。どれだけの努力を積んだらここまでの練度になるんだ。

「次は一つ奥《おく》のオークに頼《たの》む」

言葉を聞いたシフォンが小さく頷いた。

「雷槍《サンダースピア》！」

また雷槍《サンダースピア》か。威力《いりょく》もなかなかだな。

「じゃあ、その近くの岩に撃《う》ち込んでみてくれ」

「雷槍《サンダースピア》！」

またまた雷槍《サンダースピア》か。それにしても、まさか無詠唱とはな。

「も、もういい。別の魔法を頼む」

「雷槍《サンダースピア》！」

またまたまた雷槍《サンダースピア》か。

もう四回目だぞ。

「シフォン？　他の魔法を使えばタケルさんにアピールできるよ！」

アンが呼びかけると、杖を強く握ったシフォンがこちらにゆっくりと振り向いた。

「じ、実は、僕、この魔法しか使えないんです……」

「「え？」」

◆◆◆◆

「すみません。大事なことなのに黙《だま》ってて」

俺たちは一旦《いったん》ギルドへ戻り、シフォンの話を聞くことにした。

「全然いいよ！　私より何倍も強いもん！　ね、タケルさん」

「ああ。アンより何倍も強いな」

「ちょっとは否定してよ！」

膨《ふく》れっ面《つら》で睨《にら》んできた。

先に言ったのはそっちだろ。

「中級魔法の雷槍《サンダースピア》。それに無詠唱。魔力も相当なもんだろ？　どういうことだ？」

「四年ほど前に『漣《さざなみ》』の皆様《みなさま》に助けられたことがあって、その時に賢者《けんじゃ》候補のサラリー様が雷槍《サンダースピア》で助けてくれて、それがカッコ良くて。だから僕も必死に覚えたんです。やりすぎたせいで、他の魔法を覚えられていないんですけど」

シフォンは自嘲《じちょう》気味に笑った。

四年前なら、まだあいつらと俺の仲が良かった頃だな。

「そうだったのか」

「はい。でも、一つ疑問があって」

「なにがあったんだ？」

俺はシフォンの話を聞きながら隣でうとうとし始めたアンの頭に軽めのチョップをかましながら、聞いてみた。

「はい。ほっそりとした男性にお姫様抱《ひめさまだ》っこをされて、とてつもないスピードで近くの街まで運ばれたんです。途中《とちゅう》で気絶してしまったので、顔は見ていないんですけど。今でもあの時のことが忘れられなくて……。あの人はだれだったのでしょうか」

なんか知ってるエピソードだな……。

俺も傷だらけの少女を未完成の縮地で街まで運んだ記憶《きおく》があるな。

確かBランククエストのキンググリザードから小さな村を守るクエストだったな。

多分、俺たちがAランクに到達《とうたつ》する少し前の話だな。

「すまないが、俺にはわからないな。いつか思い出せるといいな」

「はい！　そ、それで……僕は、パーティーに入れますか？」

シフォンは途端《とたん》に悲しい顔になった。

アンもこちらをジッと見ていた。

「……ああ。もちろんだ。『一閃』にようこそ。歓迎するよ。そして、オークの報奨金《ほうしょうきん》は全《すべ》てシフォンが受け取って構わない。アンもそれでいいか？」

「いいよ！　私のことをぶったことは許さないけどね！」

「はぁ……」

アンの言葉につい大きめのため息がでた。

「ふふふっ」

それを見て楽しそうに笑うシフォン。

前途多難《ぜんとたなん》だな。

まあ、新しいパーティーメンバーが増えたことだし、良しとするか。

第5話　アンVS大男フランク

シフォンがパーティーに加わった翌日。

俺《おれ》たちはFランク冒険者《ぼうけんしゃ》としてクエストを幾《いく》つかこなしたので、Eランク試験を受ける資格を手に入れており、試験を受けるための手続きをギルドで済ませていた。

そしてこれから試験が始まるところだが、Fランク試験の時に比べて人数は半分ほどなので、待ち時間はかなり短くなりそうだ。

とっとと終わらせよう。

「俺がEランク試験を担当する試験官でDランク冒険者のソニーだ。魔法使《まほうつか》いは詠唱《えいしょう》スピードと威力《いりょく》、剣士《けんし》は前回と同じく模擬《もぎ》戦だが、勝った方だけが合格となる。質問はないか？　では、それぞれ散らばれ」

それにしても、この試験官。

すらっとしているし、身長は百八十センチ以上はあるな。

同じDランクのルークよりも全然強いんだろうな。

「師匠《ししょう》！　がんばってくださぁーい！」

そんなことを考えていると、部外者なのに部屋に入ってきていた弟子《でし》のルークが、大声で俺のことを応援《おうえん》していた。

頼《たの》む。恥《は》ずかしいからやめてくれ……。

ルークの隣《となり》にはいつの間に知り合ったのかシフォンの姿もあり、拳《こぶし》を胸の辺りで小さく握《にぎ》っていた。

俺はルークのことは無視したが、シフォンのエールには俺も握り拳でしっかり答えた。

「タケルさん！　どうしよう、緊張《きんちょう》する！」

隣にいるアンが歯をかたかたさせながら緊張していた。

「大丈夫《だいじょうぶ》だ」

「で、でも、私、前のクエストの時以来、まともに戦ってないんだよ？」

「試験を受けにきた人たちはバトルボアよりも遅《おそ》いから見切れるはずだ。それに、剣術はできるんだろ？」

Ｅランクのモンスターの中でもバトルボアは速い方だ。

合図があったとはいえ躱《かわ》すことができたのだから、よっぽどの手練《てだ》れに当たらなければ大丈夫だろう。

「な、なんでわかったの⁉　私が剣を振《ふ》るとこなんて見たことあったっけ？」

アンのしっかりとした戦闘《せんとう》を俺はまだ見たことはないが、昔から剣を握っていることはすぐに分かった。

「手のひらが剣士のそれだからな。小さい頃《ころ》から嗜《たしな》んでいたのか？」

薄《うっす》らと赤いアンの手のひらには、剣士特有のマメがあり、それはどれも最近できたものではないことはひと目で分かる。

「よ、よくわかったね。実は私ね、お父さんが――」

アンが父親のことを告げようとしたその時だった。

「次は、そこの赤髪《あかがみ》の女と最後尾《さいこうび》にいるフランク！　前に出て、両者構えろ！」

ちょうどよくアンが呼ばれてしまった。

試験官にフランクと呼ばれた対戦相手は二メートルくらいの身長に、でっぷりとした腹が特徴的《とくちょう》な大男だった。

アンとの身長差は、約五十五センチ。相当な体格差だ。

「デュフフ。小さな小さな子猫《こねこ》ちゃんが相手かぁ。たっぷり可愛《かわい》がってあげるからねぇ」

アンの姿を確認《かくにん》したフランクは、ねっとりと耳に纏《まと》わり付くような口調で舌舐《したな》めずりをしながら言った。

「……」

それに対し、アンは表情を変えずに無言で剣を抜《ぬ》き、両手でしっかりと構えた。

「では、始めぇ！」

試験官はフランクと知り合いらしく、軽く目を合わせた後に開始の合図を出した。

「じゃあ、僕《ぼく》からいくよぉぉ！」

フランクは刃渡《はわた》りが五十センチほどの双剣《そうけん》を腰《こし》から抜いた。

そして、その巨体《きょたい》からは想像もできないほどのスピードでアンに接近し、力と手数に任せた乱雑な攻撃《こうげき》を次々とお見舞《みま》いしていく。

「っ⁉」

アンはフランクの攻撃を、ひたすら剣で弾《はじ》いていく。

「やるじゃないかぁ！　でも、防戦一方だよねぇ？　デュフフフフ」

フランクは唾液《だえき》の音でも聞こえてきそうな、ただ十分な余裕《よゆう》を感じさせる笑《え》みを浮《う》かべながら、アンを攻《せ》め続ける。

このままだとまずいな。

アンはフランクのスピードをなんとか目で追えている状態だが、双剣の手数の多さに反撃の隙《すき》を見つけられていない。

周囲は打ち合いがヒートアップするとともに騒《さわ》がしくなり、皆《みな》が一様にフランクを応援していた。

「フランク！　いけぇ！」

「ハッハッハ！　やっちまえー！」

「このままいけば勝てるぞぉ！」

そうか。この分だと外野の人間が口出しするのも大丈夫なようだな。

なら、俺も一つアドバイスだ。

「アン！　ファストウィークラビットを思い出せ！　そいつはそれよりも遥《はる》かに遅いぞー！　剣を目だけで追うな！」

アンがフランクの双剣を受け切れているのも、体がスピード感覚に慣れているからだろう。

戦闘中の緊迫《きんぱく》した空気感では頭が上手《うま》く回らずに、どうしても焦《あせ》りが出てしまうことも多い。

アンならこの程度の相手はどうにでもなる……はずだ。

アンは周囲の喧騒《けんそう》に紛《まぎ》れた俺の声が耳に届いたのか、チラリとこちらを一瞥《いちべつ》した。

刹那《せつな》。アンの動きが大きく変わった。

以前まで剣で受けていた攻撃を見切り、ヒラリと躱すことでフランクの重心のブレを誘《いざな》い、自身の手数を徐々《じょじょ》に増やしていった。

フランクの攻撃を先読みし、乱雑な双剣の嵐《あらし》を捌《さば》いていく。

「こっち！　こっち！　こっち！」

俺が山に連れて行った日からファストウィークラビットの討伐《とうばつ》に自ら赴《おもむ》いていたのか、あの時とは見違《みちが》えるほど動きが良くなっていた。

「……ッ!!　デュフ、デュフフ！」

時間と共に激しさを増すアンの剣筋に対して、次第《しだい》にフランクは余裕をなくしていった。

フランクは不利を悟《さと》ったのか、力任せにアンを押《お》し返すことで大きく距離《きょり》を取った。

「はぁ、はぁ。デュフフ……。中々やるねぇ。でも、この一撃で決めちゃうからねぇぇ！」

疲《つか》れ切った様子のフランクは、双剣を手元でクルリと回すと同時に駆《か》け出した。

どうやら、最後の一撃にかけるようだ。

騒がしかった周囲もそれを理解したのか、アンとフランクの間には静寂《せいじゃく》が訪《おとず》れていた。

「行くよ！」

アンもフランクに少し遅《おく》れて勢いよく床《ゆか》を蹴《け》った。

「デュフフ！　デュフフッッ！　双技回転斬《そうぎかいてんざん》！」

フランクは指先を器用に使い、双剣をクルクルと回しながら鬼気迫《ききせま》る表情でアンに双剣を振るった。

しかし、アンは余裕のある動きで迫りくるフランクの懐《ふところ》に入るように、重心を低くしながらスルリと躱し、剣を振るうと同時にポツリと呟《つぶや》いた。

「……一閃《いっせん》」

◆　◆　◆　◆

「師匠！　アン嬢《じょう》！　合格おめでとうございます！」

「ぼ、僕はアンと大男の戦いに胸が熱くなりました！」

アンは辛《から》くも勝利を収め、Eランク冒険者になる切符《きっぷ》を手に入れた。

「ありがとう！　タケルさんのお陰《かげ》だよ！」

「地道な努力が生んだ結果だ。もっと誇《ほこ》っていいと思うぞ？」

アンは俺の真似《まね》をしたのか、最後は『一閃』と言いながら剣を振るった。

大男、もといフランクの出っ張った腹に剣を寸止めしたところで、試験官が模擬戦の終了《しゅうりょう》を告げたのだった。

「そ、そうかな？　えへへ。あっ、受付さん！　私、Ｅランク冒険者になりました！」

アンは恥ずかしそうな笑みを浮かべていたが、この喜びを誰《だれ》かに伝えたかったのか、こちらに向かって歩いてきていた受付嬢《うけつけじょう》と、その後ろにいたサクラに声をかけた。

「あらあら。おめでとうございます！　Ｅランク冒険者になると緊急《きんきゅう》クエストにも招集されるようになるから、忙《いそが》しくなるわよ」

後ろにいるサクラは、そんな二人の会話を微笑《ほほえ》ましそうに見ていた。

「え⁉　そ、そうなんですか。益々《ますます》強くなる必要がありますね」

緊急クエストとは、ギルドの上層部が街に危険が及《およ》んでいると判断したら発令されるものだ。

俺はこれまで緊急クエストを経験したことはないが、今後も発令されないことを祈《いの》るばかりである。

「タケルさん！　今日はみんなで乾杯《かんぱい》しない？」

「――え……？　タケル……くん？」

アンの言葉を聞いたサクラは柔《やわ》らかい表情から一転して、手に持っていた書類をパラパラと床へ落とし、まるで死人でも見かけたかのような表情になっていた。

「久しぶり。サクラ」

やっと気付いてくれた。

実に三年ぶりの会話だ。

俺の姿を認識《にんしき》したサクラは俺の手を引っ張ると、ギルドの客室に無理やり押し込《こ》んだ。

その突然《とつぜん》の行動に周囲の人々は驚《おどろ》いていたが、今のサクラの目にはそんなものは映っていなかったらしい。

「今までどこに行ってたの？」

俺を客室のソファに座《すわ》らせ、その対面に座ったサクラが心配そうな表情で聞いてきた。

「悔《くや》しさと不甲斐《ふがい》なさで時間を忘れるくらい自分磨《みが》きをしていた」

「三年間も？」

「ああ。長いようで短かった」

最初の半年こそ長く感じたが、そこから山を割るまではあっという間に時間が過ぎていった。

「『漣《さざなみ》』の人たちに聞いても何も知らないだとか、終《しま》いには犯罪者だったとか言ってたし、もう死んだとか変な噂《うわさ》が流れてたし心配したんだよ？」

サクラは瞳《ひとみ》を潤《うる》ませながら、間にあるテーブルに身を乗り出した。

「何も言わずに行ったのは悪かった。ただ、俺には我慢《がまん》できなかったんだ。今でもロイに言われた言葉が頭の中に残り続けてるよ」

俺はそれほどあいつらを信頼《しんらい》していたのだ。

大切な仲間として。

「『漣』の事情だから受付嬢として深くは聞かないけど、これからどうする気なの？」

これから……か。

復讐《ふくしゅう》するとか、そういうことをロイ達《たち》にしたいわけじゃない。

俺は――。

「あいつらを見返したい。早く同じSランク冒険者になって後悔《こうかい》させてやりたいんだ。いつになるかわからないけど絶対に成し遂《と》げてみせるよ」

「そう……。同じパーティーの女の子には正体を明かさないの？　まだ知らないんでしょう？」

サクラは肩《かた》にかかるくらいのピンク色の髪の毛をふわりと揺《ゆ》らしながら、落ち着いた口調で言った。

「そうだな。まだ言うには早いと思う。なにより軽蔑《けいべつ》されるのが怖《こわ》いんだ。また裏切られたら、追放されたらどうしようって考えると言葉が喉《のど》につっかえて苦しくなるんだ」

俺が左手で胸をさすりながら言うと同時に、コンコンコンとドアを叩《たた》く音が部屋に響《ひび》いた。

「はぁーい。ごめんなさいね。私はこれから少し用があるから。タケルくん、また機会があれば話しましょう？」

サクラはドアを叩いた来客に向けて返事をすると、それだけ言い残して部屋を後にした。

「ああ」

俺はそれから一つ息をついてから、柔らかいソファから立ち上がり部屋を出ると、そこにはアンとシフォンがいた。

二人は俺とサクラが話し終えるのを待っていてくれたらしい。

「ルークはいないのか？」

「強くなるんだーって言ってクエストに行っちゃった。今日の試験を見て火がついたみたい」

そう答えたアンは少し退屈《たいくつ》そうだった。

ギルドの廊下《ろうか》をゆっくりと歩きながら会話をする。

「これからどうする？」

ギルド内のベンチに腰掛《こしか》けながら予定を決めようとするが、まだ昼過ぎだし時間はたっぷりあるので、そう焦ることはない。

「僕は二人がどこに住んでいるかが知りたいです！」

シフォンが期待を抱《いだ》くような目で言ってきた。

生憎《あいにく》、今は所持金は銅貨四枚だけで宿なしの野宿をしているから見ても面白《おもしろ》くないぞ。

寝床《ねどこ》はただの雑草だしな。

「私もタケルさんの宿がどこか気になる！　金には困ってないって言ってたし、マイホームがあったり!?」

「残念だが人に見せられるような場所ではないんだ。そういう二人はどこに住んでいるんだ？」

金には困っていないというのは、ただの嘘《うそ》に過ぎない。

俺がクエストの報奨金《ほうしょうきん》を受け取っていないのも、自分よりもアンのことを優先する偽善《ぎぜん》的な優《やさ》しさからきたものだ。

俺は一度、仲間に裏切られているので、心のどこかで金でつなぎとめようとしている感情があるのかもしれない。

「僕はギルドの前の通りにある小さい宿です！」

シフォンは宿の方向に指を差した。

「私はギルドの裏の通りにある宿だよ」

俺もそろそろ屋根のあるところで暮らしたいな。

そう思い立った俺は、すぐに行動に移すことにした。

「ここで待っててくれ。ちょっとクエストを見てくる」

二人は疑問符《ぎもんふ》を浮かべた表情で頷《うなず》いたが、すぐにガールズトークに夢中になっていた。

モンスターを討伐するだけで家をもらえるような破格なクエストがあるかどうか目を凝《こ》らして入念に掲示板《けいじばん》の中から探してみたが、そんな都合のいいものは見つからなかった。

俺はそれでも諦《あきら》めきれなかったので、ちょうど掲示板の整理をしていた受付嬢に聞くことにした。

「すみません。Eランク冒険者でも受注が可能で、家が関連するクエストってありますか？」

「家……ですか？　うーん」

受付嬢でも厳しそうか。

ここは潔く諦めて、野宿生活を続行するしかなさそうだな。

「師匠？　そんなところでどうしたんですか？」

俺が諦めかけたその時。

背後から声をかけられたので振り向くと、クエストに行ったはずのルークがいた。

「ルークか。クエストはどうしたんだ？」

「バカな話なんですが、クエストの受注をせずに突《つ》っ走ってしまったので戻《もど》ってきた次第です。師匠はここで何をなさっていたのですか？」

ルークは朗《ほが》らかに笑いながら言った。

どういうミスだよ。

「ああ、実は家が欲《ほ》しくてな。何かそれに関するクエストがないか探していたところだよ」

「家ですと⁉　私は初めて師匠のお役に立てそうです！」

ルークは大きなガッツポーズをしながら言った。

「どういうことだ？　当てでもあるのか？」

「こちらへ来てください」

ちょいちょいとルークに手招きをされた。

「どうした？」

「実は、私はフローノアの領主の息子《むすこ》なんです」

ルークは俺の耳元であっさりと告げたのだった。

◆　◆　◆　◆

アンとシフォンには今日はもう休んでいいという旨《むね》を伝えたので、俺はルークの案内のもと、フローノアの領主様の住む家へ向かっていた。

「師匠、ここの丘《おか》の頂上に我が家がありますので、もうしばし歩くことになります」

「全然大丈夫だ。むしろ、こっちこそいいのか？」

ルークの言葉に甘《あま》えてここまで来てしまったが、まだ出会ってからあまり経《た》っていないのに良かったのだろうか。

「いえいえ。師匠にはこれからたくさんお世話になる予定ですので、先行投資というやつですよ」

それから雑談しながら緩《ゆる》やかな丘を歩いていくと、フローノアでは類を見ないくらいの大豪邸《だいごうてい》が立っていた。

「……ここか？」

「はい！　狭《せま》いですがどうぞ！」

これが狭いのか……。

『漣』の頃の金があったとしても買えなさそうだな。

ちなみに、ギルドに預けていた『漣』の頃の金だが、死亡認定されたため剥奪《はくだつ》されていた。

「パパー！　僕の師匠が話したいことがあるってー！」

ルークは豪華《ごうか》なドアを慣れた手つきで開けた。

というか、家だと父親はパパ呼びで一人称《いちにんしょう》は僕なんだな。

「なんだ。騒がしい」

本当に鬱陶《うっとう》しいような声を出しながら赤絨毯《あかじゅうたん》が敷《し》かれた階段の上から下りてきたのは、白髭《しろひげ》を蓄《たくわ》え、極東の和服を着た初老の男性だった。

この人がフローノアの領主様か……初めて見たな。

「は、初めまして。冒険者をやっております、タケルと申します」

な、なんだこのいかつい顔付きは……。

ルークとは似ても似つかないぞ。

「話があるとな。こんな若造が？　ルーク、この男とは一体どういう関係だ？」

「僕の師匠だよ！　パパがくれた鉄鎧《てつよろい》は着ない方がいいって、この人が教えてくれたんだ！」

いや、多分その言い方は語弊《ごへい》を生むと思うんだが。

「なにぃ？　儂《わし》がやった鉄鎧を着なくなったのは此奴《こやつ》が原因だったのか。さあ、ついてこい。たっぷりと〝お話〟をしようではないか」

領主様は眉間《みけん》にシワを寄せ、指をポキポキと鳴らしながら階段を上っていった。

「は、はぃ」

俺は反射的に気弱な返事をした。

圧がすごすぎる……！

そ、そうだ、ルークに助けを――。

「では、師匠！　私はクエストに行って参りますので、この辺で失礼いたします！」

俺が振り向いた時には、玄関《げんかん》から飛び出していくルークの背中が見えた。

これでこの場にいるのは俺と領主様のみになった。俺、なにされるんだろう。

「そこに座れ。さあ、簡潔に用件を述べよ」

領主様と距離を開けて後ろからついていくと、豪華な部屋に通され、ソファへの着席を促《うなが》された。

流れるように話が進んでいるが、怖いことこの上ない。

「……はい。家が欲しいんです」

ソファに浅く座った俺は、領主様の睨《にら》みに耐《た》えながら簡潔に答えた。

「資金はいくら用意した？」

ギロリと睨み、見透《みす》かすように聞いてきた。

「ゼ、ゼロ……です……」

「帰れ。これから古くからの友人と久々に会うのだ」

はぁ。こればっかりは俺が悪いな。

急に無一文で押しかけて相手をしてくれるはずないしな。

「わかりました……」

俺は領主様に連れられて無言で玄関まで歩いた。

部屋に入ってから玄関に戻ってくるまで、僅《わず》か五分。

紹介《しょうかい》してくれたルークに申し訳ないな。

「もしも家が欲しいのなら資金を用意しろ。さすれば多少は顔を利《き》かせてやる」

言い方は脅迫《きょうはく》みたいだが、何も間違《まちが》ったことは言っていなかった。

「……はい。それでは失礼いたしました」

領主様に軽く会釈《えしやく》をし、俺がドアに手をかける前に向こう側からドアが開かれた。

「おや、タケル様ではないですか。どうしてここに？　ギニトと知り合いなのですか？」

そこにはフローノアまで一緒《いつしよ》に来てくれた優しきおじいちゃん、ガルファさんが立っており、後ろには見覚えのある馬車が停《と》めてあった。

「む？　ガルとタケオは知り合いなのか？」

領主様、俺はタケルです。

「この街に来る時に話し相手になってもらってたんじゃよ。あの時はありがとう。楽しい時間を過ごさせてもらいましたよ」

「い、いえいえ！　俺も楽しかったです！」

俺とガルファさんが親しげに話しているのを見ていた領主様は、顎《あご》に手を当てながらムムムムと小さく唸《うな》っていた。

「ガル、それとタケシ。中へ入ってくれ」

領主様、俺はタケルです。

「ギニト、タケル様と何の話をしていたんですか？」

名前で呼び合っていて、親しそうな感じを見る限り、古くからの友人というのはガルファさんのことで間違いなさそうだな。

「部屋で詳《くわ》しく話す」

前方で楽しげに話す二人の後ろを俺はついていった。

それにしても、どうして俺を中に入れてくれたんだろうか。

また五分で追い出されたりはしないよな?

「ふむ。家が欲しいのにお金がないということですか。まあ、確かにそれは商売人として売ることはできませんね」

部屋について今までの話を理解したガルファさんが言った。

「タケイは冒険者なのだから資金くらいはどうにでもなるだろう?」

領主様、もう名前には突っ込みませんよ。

「その、まだEランク冒険者ということもあってお金は全く持っていないんです。その日暮らしで今夜も野宿の予定ですし……」

現在は懐に銅貨が二枚、それだけだ。パンを二つ食べるか、温泉に一回入るかの二択《たく》しかない状《じょう》況《きょう》だ。

「ですが、タケル様は竜《りゅう》の巣の奥《おく》で修業《しゅぎょう》したのでしょう? お金稼《かせ》ぎならその実力があれば簡単では?」

ガルファさんは悪戯《いたずら》な笑みを浮かべた。

「なに? あそこの奥は誰も行ったことがないはずだぞ?」

竜の巣はそんなに危険ではない。素早《すばや》く走り抜ければ何とかなるはずだ。

現に俺はドラゴンに遭遇《そうぐう》していないのだから。

「あの時のタケル様は嘘をついていませんでした。何か理由があり、Eランク冒険者をやりながらも家を欲しがっているのでしょう」

ガルファさんは俺が嘘をついていないと断言した。

「……そうか。街のやや外れだが、平家の古い屋敷《やしき》がある。条件付きでそこを譲《ゆず》ってやってもいい」

領主様は神妙《しんみょう》な面持《おもも》ちで告げた。

条件付き……。とんでもない条件だったらどうしよう。

「い、いいんですか？」

「他でもないガルが嘘ではないというんだ」

ガルファさんの言葉の真偽《しんぎ》は表情やしぐさから読み取ったのか、はたまた特殊《とくしゅ》なスキルや魔法《まほう》によるものか。

よくわからないがラッキーだ。このチャンスを逃《のが》すわけにはいかない。

「……条件を教えてください」

領主様の言うことだ。

どんな条件を出されてもおかしくはないが、余程のことでない限り受諾《じゅだく》する予定だ。

「言いたくないならいいが、竜の巣の奥の未開の地について詳しく教えてくれ。包み隠《かく》さず全《すべ》てだ」

「……え？」

俺の表情筋は驚きすぎたあまり完全に固まってしまった。

「早くしろ。まさか言えないのか？　ならこの取引は――」

領主様がニヤリと笑いながら言うが、俺は全力で割り込んだ。

「――言います、言います！　全部言います！」

俺はそこには空が見えないほどの深い霧《きり》に包まれた大地が広がり、何の変哲《へんてつ》もない草原と小さい山だけがあったこと。

モンスターは一体も出なかったこと。

気候の変化を感じなかったことなどを伝えた。

俺からすればどうでもいいことなのだが、領主様とガルファさんからしたら興味深いようで、真《しん》剣《けん》な表情で静かに聞いていた。

「ふむ……竜の巣の奥にはそんな大地が広がっているのか」

「竜の巣に現れたドラゴンを倒《たお》すことができれば、そこに行くことも可能かもしれませんね」

二人とも考え込むような表情だった。

「領主様……。こんな情報で本当に屋敷を頂いてもよろしいのでしょうか？」

これで屋敷を頂けるなんて申し訳ない。

「この情報を知っている分、人よりも優位に立つことができる。さらに、竜の巣を越《こ》えたタケルはそれほど強いということ。これはほんの先行投資にすぎないのだ」

見た目は違くとも、考え方はルークと同じだった。

やはり親子だな。

「本当にありがとうございます！」

「うむ。確かこの辺に……おっ、あったあった。受け取れ、屋敷の鍵《かぎ》と地図だ。今日から住んでいい。野宿は辛《つら》いからな」

領主様は窓際《まどぎわ》にあった巨大《きょだい》なテーブルに向かうと、八つほどある引き出しの中をゴソゴソと漁《あさ》り、その中から鍵と地図を取り出し、俺に投げ渡《わた》してきた。

「タケル。何か質問はあるか？　ワシからも答えよう」

実はずっと聞きたいことがあった。

「お二人はどういったご関係ですか？　見たところ相当長い付き合いですよね？」

ただの領主と商人にしては、二人とも体が出来すぎているのだ。

肩が張り、背中も広く、腕《うで》はゴツゴツしていた。

「儂とガルは若い頃は冒険者をしていたんだ。冒険者をやめてから二十年は経つか？」

「大体二十年です。あっという間に年をとってしまいましたね」

二人は懐《なつ》かしむように言ったが、前職が冒険者と聞けば、その体つきも納得《なっとく》だな。

「質問をしてくれたのは嬉《うれ》しいんだが、顔のわくわくが抑《おさ》えられておらんぞ？」

領主様は、俺の目を見て楽しげに笑いながら言った。

「あ、す、すみません」

「気にするな。それと、もう行って構わん。今日から屋敷はタケルのものだ」

そして、いつの間にか名前を覚えてもらっていた。

「では、失礼します。本当にありがとうございました！」

「……息子をよろしくな」

去り際に、領主様は感慨深《かんがいぶか》そうな表情でポツリと口にした。

「はい！　それでは、失礼します！」

俺はこちらに優しく手を振るガルファさんと照れ隠しなのか窓の外を眺《なが》める領主様に深く礼をし、部屋を後にした。

よし！　早速《さっそく》、アンとシフォンを誘って我が家に向かおう！

気持ちの制御《せいぎょ》ができなかった俺は、屋敷から飛び出して、真っ先に二人を呼びに向かった。

屋敷の前にあるガルファさんの馬車を見て思い出したが、商人なのに護衛をつけていなかったのも、元冒険者として腕に自信があるからなのだろう。

第6話　ミノタウロス

香《こう》ばしい匂《にお》いがしたので目が覚めてしまった。

ベッドから這《は》い出て、あくびを噛《か》み殺しながらリビングへ向かう。

「おはよう！　もうご飯できてるよー！」

アンは、さらさらと長い赤髪《あかがみ》を揺《ゆ》らしながら美味《おい》しそうな料理が盛り付けられた食器を運んできた。

「おはよう。シフォンは？」

席につき周囲を確認《かくにん》するが、シフォンの姿がない。

「まだ来てないから、起こしに行ってあげて」

「はいはい」

俺《おれ》はシフォンの部屋に向かい、ドアをそっと開けた。

「おーい。起きろ。朝だぞー」

毛皮にくるまって、ぐっすりと幸せそうに眠《ねむ》るシフォンの頬《ほお》を、ぺちぺちと軽く叩《たた》きながら声を掛《か》ける。

「……うぅん……」

シフォンは小さく唸《うな》った。

なんか面白《おもしろ》くなってきたな。

次は人差し指で頬をツンツンする。

「……ふにゅうう……」

シフォンの唇《くちびる》がとんがり、寝息《ねいき》も変化した。

それにしてもよく眠るな。

パーティーメンバーとはいえ異性が部屋に来たのだから、起きてもいい気がするが。

そろそろ、ちゃんと起こすか。

アンがせっかく作ってくれた朝食が冷めてしまう。

「起きろ、シフォン」

強めに肩《かた》を揺さぶり、やや大きい声で起こしにかかる。

「うんん。ぁ、お、おはようございます……。ごめんなさい……。寝坊《ねぼう》しちゃいました」

シフォンはゆっくりと目を開けると同時に、ベッドの上で体を伸《の》ばした。

「おはよう。リビングで待ってるからな」

十秒程、声を掛け続けてやっと目を覚ましてくれたので、俺はシフォンの部屋を後にした。

ここは、領主様から頂いた平家の屋敷《やしき》。

住み始めて今日で三日目、俺がフローノアに戻《もど》ってきてから約二週間になる。

あの後、二人を連れてこの屋敷を見に来たのだが、あまりにも大きかったのでパーティーで共有しないかと提案したのだ。

二人の宿代も削減《さくげん》できるし、良いところにも住めるので一石二鳥だ。

最初こそ遠慮《えんりょ》していた二人だが、物は試《ため》しとばかりに一日だけ生活すると、次の日の朝にはこの屋敷の虜《とりこ》になっていた。

全《すべ》ての部屋に柔《やわ》らかなベッドがあり、キッチンや浴槽《よくそう》には火魔法《まほう》や水魔法を用いた便利な魔導具《まどうぐ》も付属しているので、そこを気に入ってくれたようだった。

「おはようございます。昨日に引き続きごめんなさい」

俺とアンがリビングで椅子《いす》に座《すわ》って待っていると、着替《きが》えを終えたシフォンがバタバタと走ってきた。

「気にするな。さあ、シフォンも来たし食べるか」

「いただきまーす。タケルさん、今日は何する予定？」

アンはフォークで突《つ》き刺《さ》したソーセージを食べながら言った。

「そうだな。昨日、一昨日《おととい》と屋敷の掃除《そうじ》に追われてクエストができてないから、今日はDかEのクエストでも受けようか」

俺たちはこれで全員がDランクのクエストを受けることができる。

「そうだね。シフォンもそれで良い？」

「はい！」

よし。今日やることは決まったし、とっとと準備をしてギルドに行くか。

◆　◆　◆　◆

昼前にギルドへ来たのだが、何かがおかしかった。

騒《さわ》がしいというか、落ち着きがないというか。

「なにかいいクエストはありましたか？」

「んー。わかんない！」

シフォンの問いにアンが答えた。

「どれにする？　やりたいのがあれば選んでいいぞ」

「じゃあ……これ！　シフォンはやったことある？」

アンが考える素振《そぶ》りもせずに取ったのは、Dランククエストのポーションの材料集めだった。

「僕《ぼく》はないです！　初めてなので楽しみです！」

「なら、早速《さっそく》行くか。ビックリすると思うぞ。使えなくなってもいい服に着替えてから行くぞ」

二人ともキョトンとした顔だった。

ポーションの材料集めは、ただ薬草を摘《つ》めばいいわけじゃないのだ。

ということで、俺たちはポーションの材料を集めるために、街からやや離《はな》れたところにある丘《おか》に来ていた。

「なにこれぇぇー！　タケルさぁぁん！　助けてぇぇ！」

アンは巨大《きよだい》な植物に追われながら、必死の表情で叫《さけ》び声を上げているが、まだ助けるのは早い。

「タケルさん。あのモンスターはなんですか？」

シフォンが逃《に》げ惑《まど》うアンを追う植物を指差して聞いてきた。

「あれこそがポーションの材料の肝《きも》。メルトマンドラゴラだ。どうだ、驚《おどろ》いただろ？」

俺たちは少し遠くから行く末を見守っていた。メルトマンドラゴラとアンの距離《きより》は徐々《じよじよ》に縮まっており、そのうち捕《つか》まるだろう。

「はい。ポーションの材料集めでモンスターを倒《たお》す必要があるとは思いませんでした。というか、アンのことを助けなくていいんですか？」

シフォンは未《いま》だ叫び散らかすアンを冷静に観察していた。

「大丈夫《だいじようぶ》だ。殺される心配はないからな。ただ服を溶《と》かされるくらいだ」

「服を？」

「ああ。ほら、捕まった。よく見てみろ」

俺たちが話しているうちに、アンはメルトマンドラゴラの長いツルに巻き付かれていた。

「ほんとですね！　皮膚《ひふ》にダメージはないのに、服だけが溶かされてます！」

「いや！　いや！　いやぁぁぁ‼」

アンはツルに巻き付かれながら悲鳴を上げていた。

そろそろ助けるか。

「縮地！」

俺はアンに巻き付くツルとメルトマンドラゴラの首を斬《き》り落として、絶命させた。

「タケルさん！　バカなの⁉　あと一歩遅《おそ》かったら死んでたよ⁉」

アンは格好《かっこ》良く音を立てながら刀を鞘《さや》に納めた俺の胸ぐらを掴《つか》むと、前後に激しく揺さぶった。

「揺《ゆ》ら、す、な。死な、ない、か、ら」

メルトマンドラゴラは人のような有機物を溶かすことに興味はなく、服や鞄《かばん》、靴《くつ》などをピンポイントで溶かすことで自身の栄養にしている特殊《とくしゅ》なモンスターだ。

「ほら！　ちゃんと見てよ⁉　こんなに服が……ボロボロで……って、そんなに見るなぁー！」

アンの言葉通りに視線を向けると、数秒の沈黙《ちんもく》の後に腰《こし》の入った平手打ちを両頬に一発ずつ喰《く》らった。

三年間も山籠《やまご》もりをした後だからか、刺激《しげき》が強いな……。

鼻の辺りが熱くなってきたぞ。

「……アンって大きいんですね……。僕なんて……」

俺たちのやり取りの陰《かげ》で、シフォンは自分の胸を押《お》さえながら、ドヨーンとした暗い雰囲気《ふんいき》を纏《まと》っていた。

「そ、そんなことないよ！　まだ十六歳《さい》ならこれからだよ！　っていうか、タケルさんはなんで鼻血出してるの⁉」

平手打ちを喰らって棒立ちのまま鼻血を出すロン毛で二十三歳の男と、ボロボロになった服でなんとか全身を隠《かく》しながら荒《あ》れる十九歳の女。そしてその女のある部分を見て凹《へこ》んでいる十六歳の少女。

元はといえば、『私にやらせて！』と懇願《こんがん》してきたアンに何も教えずに任せた俺が悪いのだが、まさかこんなことになるなんて……。

これも経験かと思って手は出さなかったが、もっと早く助けてあげても良かったかもしれないな。

ギルドへの帰り道。

アンはメルトマンドラゴラに服を溶かされたことで、あられもない姿になってしまったので、シフォンのローブを着て、大きなフードを深くかぶっていた。

アンが小さく洟《はな》を啜《すす》る音と、それをシフォンが慰《なぐさ》める声が後ろから聞こえてきて、俺は罪悪感に苛《さい》まれていた。

「こちらが報奨金《ほうしょうきん》になります。待って。タケルくん。一体何をやらかしたの？」

受付嬢《うけつけじょう》がサクラだったので、話しかけられる可能性があると思い、報奨金を受け取った後にしれっと帰ろうとしたのだが、俺はしっかりと腕《うで》を掴まれてしまった。

「メルトマンドラゴラにやられたんだよ。俺の責任だ」

「あぁ……。だからか。でも……その娘《こ》、多分嘘泣《うそな》きよ」

サクラは微笑《ほほえ》みながら言った。

「もう！　受付さん、言わないでよー！」

アンはパッとフードを取り外すと、ムッとした表情で言った。

え、全然泣いてないじゃん。

その顔には涙《なみだ》の跡《あと》一つさえなかった。

「まさか、タケルくんが泣いてるフリに騙《だま》されるなんてね」

心配した俺がバカだった……。

「……夕飯の買い物だけして帰るぞ……」

負けた気がして悔《くや》しいので、俺はさりげなく帰ることにした。

「やった！　初めてタケルさんに勝てた気がする！　シフォンだって初めから気付いてたもんね？」

「いえ、僕は本気で泣いてしまったのかと思ってました！　けど、元気そうで良かったです！」

アンはニヤけながらシフォンに聞いたが、シフォンからあまりにも純情な答えが返ってきたことに罪悪感を覚えたのか、複雑な表情をしていた。

俺はてっきりシフォンもグルかと思っていた。

だが違《ちが》った。

シフォンは、このパーティーで唯一《ゆいいつ》、淀《よど》みのない心の持ち主だったのだ。

「……帰るか」

変な空気になった俺たちは、街で夕飯の買い物を済ませてから屋敷へ帰ったのだった。

◆　◆　◆　◆

「なぁ、なんか街が騒がしくないか？」

アンがメルトマンドラゴラに翻弄《ほんろう》された翌日。

昼頃《ひるごろ》に屋敷を出発し、街へ向かう道中のことだった。

街の中心部から騒ぎ声、というより歓声《かんせい》のようなものが聞こえてきた。

「ほんとですね。なにかお祭りでもしているんでしょうか？」

「もしかしたら王都の有名人とか⁉　タケルさん、先に行っていい？」

貴族でも来てるのかもしれないな。

昨日の街の騒々《そうぞう》しさと落ち着きのなさはそのせいだったのか。

「僕も行きたいです！」

二人とも期待に満ちた瞳《ひとみ》で俺の目を見つめており、今にも行きたそうにしていた。

「ああ。俺はギルドで待ってるから終わったら戻って来いよ？」

俺の言葉を聞くなり、二人は元気な返事をしながら街の方向へ走って行った。

俺は閑散《かんさん》としたギルド内のベンチに腰掛《こしか》けながら、二人が帰ってくるのを待っていた。

「タケルくん。やっぱり見に行かないんだね」

一人でボーッと天井《てんじょう》を眺《なが》めていると、隣《となり》にサクラが座ってきた。

「まあ、見てもなにもないしな。それよりも受付嬢の仕事はいいのか？」

俺は冗談《じょうだん》めかして言った。

「やることがあるように見える？　今日やった仕事は出入り口のドアを全開にしただけよ」

この騒ぎのせいで、ギルドには人っ子一人いなかった。

「……まあ、見えないな。そういえば、フローノアに戻ってきて、俺は最初からサクラに気付いてたけど、なんでサクラは俺に気付かなかったんだ？」

冒険者《ぼうけんしゃ》になった十六歳の頃から山籠もりを始めるまでの四年もの間、顔を合わせていたのだ。すぐに気付いてほしかったなぁ。

「気付かないわよ！　髪《かみ》も伸びてるし、顔もなんかキリッとしてて男臭《くさ》くなって歴戦の冒険者って感じがするし！　ていうか、最初から私に気付いてたの⁉」

サクラは身振《みぶ》り手振りを交えながら、物凄《ものすご》い形相で捲《まく》し立ててきた。

自分の顔なんて、あまり気にしないのでわからないが、変わったのは髪の毛だけじゃなかったんだな。

「ああ。あえて声はかけなかったけどな」

「はぁ。まあ、いいわ」

サクラは呆《あき》れたように小さなため息をついた。

「なあ、この騒ぎっていつ収まるんだ？」

ギルドに来てから三十分ほど経《た》ったが、外はずっと騒がしいままだった。

むしろ声は徐々に大きくなっていた。

「最後はギルドマスターと奥《おく》の部屋で対談するから、もうすぐ収まるんじゃないかしら？　ほら、すぐそこまで来てるでしょ？」

後ろにあるギルドの窓から外を見ると、ギルドからおよそ十メートルほど先のところで、大声で何かを叫んでいる群衆がいた。

「部外者がいたら邪魔《じゃま》になりそうだし、外行くわ」

「多分、ここにいても大丈夫よ？」

「堅苦《かたくる》しいのは苦手なんだ。どうせ貴族かなんかだろ？　また後でな」

俺はすぐにベンチから立ち上がり、サクラに一時の別れを告げた。

「なに言ってるの？　今日来たのは貴族じゃなくて――」

まあ、貴族であってもなくても変わらない。

俺は、なぜか驚いたようなサクラの声を聞きながら、全開になったギルドの出入り口を抜《ぬ》けた。

が、しかし、早く立ち去ろうとしたせいで、ギルドから出た瞬間《しゅんかん》に人とぶつかってしまった。

「キャッ！」

「すみません。大丈夫ですか？」

すぐに頭を下げ、謝罪の意を伝える。

幸い、軽くぶつかった程度で、お互《たが》いに転んだりはしていない。

「大丈夫ですよー」

質の良いローブを着た魔法使《まほうつか》いの女性は、どこかで聞いたことのある伸び伸びとした声で言った。

「そうですか。良か……った……っ⁉」

徐々に顔を上げていき、相手の顔が目に入った瞬間、脳内に衝撃《しょうげき》が走った。

嘘《うそ》だろ、どうしてここに……？

「あのー。なにかありましたかー？」

あっちは俺に全く気付いていない様子だ……。

「……っ……い、いえ……平気です」

俺の頭にあの時の記憶《きおく》が蘇《よみがえ》る。

それは、いとも容易《たやす》く言葉を詰《つ》まらせた。

「そっか。またねー。ロン毛のおにーさん」

彼女《かのじょ》は、かつての俺には向けたことのないような満面の笑《え》みを浮《う》かべると、軽い足取りで俺の横を通り過ぎて行った。

「タケルさん⁉　凄《すご》い汗《あせ》だよ！　大丈夫？」

「ぴょ、病気ですかね⁉　ぼ、僕に何かできることは……」

息を荒《あら》らげながら全身から力が抜け、地に膝《ひざ》をつけた俺のもとに、観衆に紛《まぎ》れていたであろうアンとシフォンが、焦《あせ》った様子で駆《か》けつけてくれた。

今の俺には先ほどまで聞こえていた騒々しい歓声なんてものは、一切《いっさい》耳に入らなくなっていた。

それほど動揺《どうよう》しているのだ。

あまりにも突然《とつぜん》すぎた。

どうして、どうしてこんなところにいるんだよ。

サラリー……。


「タケ……さ……！」

まるで暗闇《くらやみ》で迷子になったような俺に手を差し伸べるような声が聞こえる。

「タケル……！　大丈《だいじょう》……すか⁉」

肩に温《ぬく》もりを感じ、ゆっくりと我に返った。

「ぁ、ああ。す、すまない……」

俺は気が付くと泣きそうな顔になっているシフォンに肩を揺さぶられていた。

「いきなりどうしたんですか？　体調でも悪いんですか？」

シフォンは心配そうな声色《こわいろ》で、自分の額と俺の額を交互《こうご》に触《さわ》って熱を測っていた。

「だ、大丈夫だ……。心配かけたな」

俺は膝に手をつき、足に力を込《こ》めて立ち上がった。

「なら、いいんですけど……」

「タケルさん。今日はクエストには行かないほうがいいよ？」

シフォンの隣にいたアンもいつもの元気はなく、どこかしゅんとしていた。

「……いや、行こう。金も必要だろ？」

「そ、そうだけど……」

シフォンは何か閃《ひらめ》いた表情になった。

「わかりました。僕たちが戦うので、タケルさんはジッとしててくださいね？」

「わかった。アン、適当なクエストを頼《たの》む」

俺たちは人がまばらになったギルドに入っていった。

「はぁい。んー、私とシフォンだけで戦うから初見のクエストはだめだよね。無難にオークでいいかな？」

「いいと思います！　早速向かいましょう！」

アンはシフォンの同意を得るなり、すぐに受付に向かい、クエストを受注した。

はぁ。なんか体が重いな。


「あっさり終わりましたね！」

「うん。でも、手応《てごた》えはあんまりなかった」

本当にあっさり終わった。

二人はオークが出現する草原に行くなり、散り散りになっていた五匹《ひき》のオークを剣《けん》と魔法であっという間に討伐《とうばつ》した。

今は帰り道をのんびり歩いている最中である。

「二人は賢者《けんじゃ》候補のサラリー……様がなぜフローノアに来たのか知ってるのか？」

クエストに来てから俺が初めて口を開いたので、二人は少し驚いた様子だったが、すぐに教えてくれた。

「はい。街の人に聞いた話によると、街から離れた草原に現れたミノタウロスの討伐のために、フローノアに一時的に滞在《たいざい》するみたいです」

「ミノタウロスか……。かなり厄介《やっかい》だな」

ミノタウロスはBランククエストの壁《かべ》とも言われており、ここをパーティーで突破《とっぱ》できなければ、Aランク冒険者として戦っていくことは厳しいと言われている。

いわば境界線だ。

力もスピードも相当なもので、舐《な》めてかかると一瞬《いっしゅん》で命《いのち》を落とすだろう。

そしてなにより……。

「厄介なの？　Sランク冒険者のサラリー様なら余裕《よゆう》なんじゃないの？」

アンの疑問はもっともだ。

Sランク冒険者ならミノタウロスには負けないだろう。

ただ、それは魔法以外で戦う場合だ。

「そうともいえないな。ミノタウロスは魔法に対する耐性《たいせい》がとてつもなく高いから、魔法による攻《こう》撃《げき》が効きづらいんだ。魔法だけで倒すなら上級魔法を何度も何度も撃《う》ち続けるしかないだろう」

つまり、ミノタウロスとサラリーの相性《あいしょう》は最悪だということだ。

『漣《さざなみ》』の時にミノタウロスを討伐したが、サラリーとスズはあまり戦闘《せんとう》に加わっていなかった。

俺が陽動し、ロイが斬る。これを繰《く》り返していた。

厳しいと分かっているはずなのに、この依頼《いらい》を受けたのだろうか。

「そうなんだ。あっ、二人は外で待ってて。私が報告してくるね！」

話しているうちにギルドへ到着《とうちゃく》したので討伐完了《かんりょう》の報告はアンに任せ、俺はシフォンと二人で真っ赤な夕陽の下でアンの帰りを待つことになった。

「そういえば、サラリー様はシフォンの憧《あこが》れの人だったよな？　久しぶりに会ってみてどうだった？」

「カッコ良かったです！　サラリー様みたいになりたいです！」

シフォンは食い気味に力強く答えた。

「……そっか。なら、もっと強くならないとな」

少し複雑だが、本人の憧憬《どうけい》を否定する権利は俺にはない。

「はいっ！」

「終わったよー。って、なんかいい雰囲気だね！　最初の頃に比べてシフォンのよそよそしさも無くなったしね！」

シフォンと話しているうちにアンが戻ってきた。

いつの間にか、シフォンは俺に対して人見知りをしなくなっていたな。

「は、恥《は》ずかしいのでやめてください……」

シフォンは照れを隠すように、黄色がかった髪の毛をもじとじといじりながら言った。

「あの時のシフォンも可愛《かわい》かったよ！　ね、タケルさん！」

ここは揶揄《からか》うノリに乗るべきだろう。

「ああ。可愛かったぞ」

「……はぅっ……」

俺が言うと同時に顔は数段赤くなり、まるで子供みたいな反応をしていた。

いや、十六歳だしまだ子供か。

「……よし、帰るか」

「シフォン？　おーい」

シフォンは目を開いたまま固まっていた。

「……はっ。か、帰りましょう」

アンがしばらく声をかけ続けると、ようやく我に返った。

「お、おう？」

屋敷に帰る道中、シフォンはしきりに俺のことをチラチラと見ていた。

顔が赤いのは、きっと夕陽のせいだろう。

◆　◆　◆　◆

夜の帳《とばり》もすっかり下りた深夜三時頃。

俺は二人を起こさないように屋敷を抜け出し、ある場所へ来ていた。

ここは、街から徒歩十分ほどの位置にある森の中。

そこの中心部にある小さな泉だ。

当時、『漣』は臨時でパーティーを組み、ここで休憩《きゅうけい》をしている時に意気投合し、正式なパーティーとなったのだ。

いわば、思い出の場所というわけだ。

フローノアに帰ってきて以来初めて訪《おとず》れたが、相変わらず良い場所だ。

透《す》き通るような水面《みなも》は月の明かりで照らされ、心地《ここち》好《よ》い夜風が静かに木々を揺らす。

俺は『漣』だった頃の定位置、泉のすぐ近くの木陰《こかげ》に座り、ゆったりとした時間を過ごしていた。

「あれー？　ロン毛のおにーさん？」

「っ⁉」

そんなときだった。突如《とつじょ》として背後の茂《しげ》みからサラリーが現れた。

二度目の邂逅《かいこう》ということもあり、動けなくなるほどの衝撃はなかったが、少なからず動揺はしていた。

「こんなところで、どうしたのー？」

「……眠れなくて」

俺は動揺を隠すように適当な言い訳をした。

「ふーん。私も眠れないんだよねー。明日のこの時間は戦闘の真っ最中だろうし。あ、今の内緒《ないしょ》だよ？　騒ぎにならないようにこっそり行くから」

サラリーは自分の心を落ち着かせるように小さいため息を吐《つ》き、俺の隣にちょこんと座った。

どうやらミノタウロスとは深夜になってから戦うようだ。

「そうなんですか……」

「うん……。ねぇー……私たち、どこかで会ったことある？」

俺の顔を覗《のぞ》き込むように聞いてきたサラリーの言葉に、鼓動《こどう》が急激に速くなるのを感じた。

「……いえ」

俺は言葉を振《ふ》り絞《しぼ》り、平静を装いながらなんとか答える。

「そっかー」

サラリーはなんでもなさそうに言った。

「明日。勝てそうですか？」

「んー……。わかんないかなー。けど、賢者候補として名を上げるなら、魔法だけでミノタウロスの一体くらいは倒さないとねー」

少しだけ考える素振りを見せた後、覚悟《かくご》を決めたような表情で答えた。

やはり厳しい戦いになることはわかっていたのか。

ロイやスズがいないのも、自分一人だけで倒してこその強さの証明ということか。

「……頑張《がんば》ってください」

完全な部外者である俺には、応援《おうえん》することしかできない。

「うん！　おにーさんの名前教えてよー。なんか懐《なつ》かしい感じがしてさー」

俺もサラリーとこうして話していると懐かしい。

まるで昔に戻ることができたみたいで……。

「……ケイルです」

名前でバレる可能性があるので、パッと浮かんだ偽名《ぎめい》を使った。

「ケイル……ケイルね！　私が討伐完了したら、またここで話そうねー。じゃあねー！」

サラリーはスッと立ち上がると、楽しそうに手を振りながらこの場を後にした。

「またな……サラリー」

結局、俺は太陽が山の向こうから顔を出すまで、思い出の場所で一人で時間を過ごしたのだった。

朝方になってから屋敷へ帰ると、この時間は眠っているはずのシフォンがリビングで水を飲んでいた。

「あれ？　朝の散歩ですか？」

「まあ、そんなところだ。すまないが今日のクエストは休ませてほしい。アンにも伝えておいてくれるとありがたい」

今日はやることができた。

これからたっぷりと睡眠《すいみん》を取り、その時に備えるのだ。

「わかりました。あんまり無理しないでくださいね？　心配ですから」

「ああ。おやすみ」

「はい。おやすみなさい」

俺は部屋に入るなり、すぐさまベッドに倒れ込み、闇《やみ》に吸い込まれるように眠った。

◆　◆　◆　◆

懐かしい夢を見ていた。

これは、Ｂランク冒険者になってから初めてのクエストの時だろうか。

「おつかれー。ちょっと眠れなくてさー。話し相手になってよ」

焚《た》き火《び》の前で夜の見張りをしている俺のもとに、眠れないというサラリーが現れた。

「いいぞ」

「ありがとー」

サラリーは俺の隣に座った。

「気にするな」

これといった会話はない。

だが、決して気まずくはなかった。

俺は、この時間を心地好いとすら思えていた。

「ねぇ、タケル」

サラリーは沈黙を破り口を開いた。

「なんだ？」

「私たち四人でどこまで行けるかな？」

「たった三年で全員がBランク冒険者になったんだ。俺たち四人なら、なんだってできるさ」

パーティーのランクはメンバーの冒険者ランクの平均値で決まる。

俺たち『漣』は、当時全員がBランク冒険者だったのでBランクパーティーということになる。

「だよねー」

サラリーは小さく笑いながら言った。

「ああ」

再び沈黙が訪れた。

目の前の焚き火の薪《まき》がぱちぱちと爆《は》ぜる音だけが空気を支配している。

「もしも」

「……」

「もしも、私にピンチが訪れた時は、タケルが守ってくれるよね？」

サラリーは小さく膝を抱《かか》えながら儚《はかな》げに笑った。

「当たり前だ」

今思えば、俺がみんなに後《おく》れを取り始めたのはこの辺りからだったかな。

◆　◆　◆　◆

俺が目を覚ました時には、既《すで》に外は闇に包まれており、時計の針は頂点を少し過ぎたあたりを指していた。

どうやら半日以上眠っていたようだ。

懐かしい夢を見たな。

あの時間はもう戻ってこないのに。

ミノタウロスが現れる草原はここから徒歩で一時間くらいなので、少し早いが出発しても良さそうだ。

夜も遅いので静かに身支度を調えて、部屋で眠っているであろう二人を起こさないように、ゆっくりとドアを開けて外へ出た。

「ふぅ……」

美しい満月を眺めながら一つ深呼吸をした後に、腰に差した刀を一瞥《いちべつ》して準備を調えた。

「縮地！」

俺は慣れた動作で地面を蹴《け》り、疾風《しっぷう》のように駆けた。

闇に紛れるモンスターに警戒《けいかい》しながら走り続けていると、まるで天から雷《いかづち》が落ちたかのような眩《まばゆ》い光が突如として辺りを照らした。

それと同時に地鳴りのような轟音《ごうおん》が響《ひび》き渡《わた》り、何かが焼け焦《こ》げるようなにおいを感じた。

これは雷魔法……。この山を越《こ》えた草原からか？

俺はスピードを上げて最短距離で山を駆け上がり、勢いそのままに反対側の麓《ふもと》を目掛《めが》けて全力で駆け下りた。

麓に到着しスピードを緩《ゆる》め、戦況《せんきょう》の把握《はあく》をしようとした刹那《せつな》。

黒煙《こくえん》が立ち込める前方から、傷だらけのサラリーが弧《こ》を描《えが》くように飛んできた。

「大丈夫か⁉」

俺はとっさに体を刺激しないよう慎重《しんちょう》に受け止めた。

腕の中のサラリーの容態《ようだい》を確認するが、意識が混濁《こんだく》しているようで、血と涙で滲《にじ》んだ目を薄《うつす》らと開けて俺のことを見ていた。

「だ……れ？」

満身創痍《まんしんそうい》で全身が血濡《ちぬ》れたサラリーは力なく言葉を紡《つむ》いだ。

「喋《しゃべ》るな……傷に障《さわ》る」

すまないが、今は答えている時間はなさそうだ。

こうしている間にも前方の煙《けむり》が晴れ、サラリーをここまで追いやった化け物が姿を現していた。

それは、何もかも破壊《はかい》してしまうような巨大なミノタウロスだった。

サラリーの魔法を受けたはずなのに、小さな傷しか見受けられない。

「ブモォォオオッッ！」

五メートルほどの体躯《たいく》は全身が分厚い筋肉で覆《おお》われており、Bランクモンスターの中では最強と言えるだろう。

「っ⁉　いきなりかよ！」

ミノタウロスはこちらの姿を認識《にんしき》すると同時に太い剛腕《ごうわん》を振りかぶった。

俺は人間を抱えた状態だといつものようには縮地も刀も使えないので、最小限の動作でミノタウロスが振り下ろしてくる拳《こぶし》を躱《かわ》していくしかなかった。

先ほどまで俺が立っていた地面は深く抉《えぐ》れており、一度でも喰らってしまうとすぐに行動不能になってしまうだろう。

どうにかサラリーを避難《ひなん》させることができればいいんだが……。

ミノタウロスも俺の手が空いたら不利になると気付いているのか、攻撃の手を緩める気配は全くなかった。

「くそっ！」

いつもなら余裕で躱せるであろう攻撃も、女性とはいえ一人の人間を抱えた状態だとそうはいかない。

ミノタウロスの攻撃は徐々に肩や足をかすめていき、俺の体力をじわじわと削《けず》っていった。

「……っ……はぁ、はぁ」

まるで三年前に自分がやっていた戦法をやられているようだった。

さらに、かするだけで肌《はだ》を裂《さ》く拳に、息が上がっていくのがわかる。

このままいけば——負ける。

「……ふぅぅ……」

俺は機を見て一旦《いったん》大きく後退し、ミノタウロスと十メートルほど距離を取り、一瞬の間に呼吸を整えた。

なんとかサラリーを草原に寝《ね》かすことができれば刀を抜くことができる。

「ブモォォ！」

しかし、ミノタウロスは何か危険を察知したのか先ほどよりもギアを上げて猛突進《もうとっしん》してきた。

サラリーを寝かせる暇《ひま》はなさそうだな。

ここは、一か八《ばち》かだ。

本当はこんなことはしたくなかったが仕方がない。

俺は夜空に光り輝《かがや》く満月に向かってサラリーを投げた。

「ブモォォッッ⁉」

ミノタウロスは依然《いぜん》として猛突進を続けてはいるが、俺の突然の行動に明らかにスピードが落ち、僅《わず》かだが隙《すき》が生まれた。

ここからは己《おのれ》との勝負だ。

「縮地！」

俺は瞬時に縮地を使い、五メートルほどの距離にいるミノタウロスに急接近した。

そして攻撃を躱しつつ懐《ふところ》に入ると同時に軽く跳躍《ちょうやく》し、ミノタウロスと視界が平行になったところで抜刀《ばっとう》。

「……一閃《いっせん》」

「ブモ――」

叫び始めたが、もう遅い。

すでに首は宙を舞《ま》い、満月を背景に血飛沫《ちしぶき》を上げていた。

俺は着地と同時にすぐさま方向転換《ほうこうてんかん》をし、サラリーの落下地点に向かった。

「タケ……ル……？」

俺が優《やさ》しく受け止めると、サラリーはこちらに手を伸ばしながら弱々しい声で言った。

同時に俺たちの背後からミノタウロスの胴体《どうたい》が倒れ伏《ふ》す音と、切り離された生首がボトリと地面に落下する音が聞こえた。

「……違う。俺はケイルだ……」

サラリーは俺の返事を聞く前に、眠るように目を閉じてしまった。

取《と》り敢《あ》えず、急いで治療《ちりょう》しないとな。

俺はサラリーを抱えたまま、今出せる全力のスピードでフローノアへ駆けた。

月明かりを頼《たよ》りに見てわかったが、今回のミノタウロスは俺が知っているミノタウロスよりも一回りほど大きい個体だった。

これは、魔法使いが単独で勝つことは難しいだろう。


「すみません。こんな時間に」

俺は意識を失ったサラリーを抱えて街の薬屋まで来ていた。

「いいんです。命を救えたんですから」

年老いた医師曰《いわ》く、意識こそ失ってはいたが命に別条はないようだ。

現に、今は穏《おだ》やかな表情で眠っているのがわかる。

「ありがとうございます。では、俺はもう行きますね」

「少々お待ちを。何か事情があるのでしょう？　サラリー様が目を覚ましましたら、あなたのことは伝えたほうがよろしいでしょうか？」

俺のような無名の冒険者が血濡れたSランク冒険者を運んできたので、何か事情があると察してくれたようだ。

幸いなことに、特に俺のことを疑っている様子はない。

「……いえ。俺のことは隠しておいてほしいです」

少し悩《なや》んだが、俺とサラリーはもう他人だ。

一度縁《えん》が切れた人間が再び共に歩を進めることはないのだ。

「かしこまりました。お気をつけてお帰りください」

「はい」

屋敷へ帰ろうと薬屋を後にすると、外は薄白い明るみが広がっていた。

今日は昼まで寝て、そこからクエストだな。


のんびりと屋敷へ帰る頃には、すっかり外は明るくなっていた。

「あれ？　タケルさん、どこに行ってたの？」

ひっそりと屋敷へ入ると、アンが朝食の準備をしていた。

「ちょっと出かけていたんだ」

「……ふーん。シフォンが心配してたよ？　タケルさんが疲《つか》れてたーって」

アンはフライパンを振りながらシフォンの真似《まね》をした。

「今日からはクエストに行けそうだ。昼頃に起こしてくれると助かる」

「まあ、いいけど。あんまり無理しないでね？」

アンは料理する手を一旦止めて言った。

「なんだ？　急にしおらしくならないでくれ。むず痒《がゆ》い」

「ひ、ひどい！　私だって心配したんだよ!?　あっ、焦げちゃう！」

アンは慌《あわ》てて火を止めた。

料理なんて気にも留めずに俺のことを睨《にら》んでいたせいで、料理が焦げてしまったようだ。

「ありがとな。アンの料理は焦げても美味《うま》いから大丈夫だ」

「え、え？　あ、ありがと……。って、もう行くの⁉」

部屋へ向かった俺の背後からアンの騒がしい声が聞こえてきた。

「おやすみ」

アンは料理を中断すると、俺の部屋の前までばたばたと走ってきた。

「あ……おやすみな――」

俺は全身の汚《よご》れが酷《ひど》く、身体《からだ》中に細かい傷ができていたが、すぐにでも眠りたかったので勢いよくドアを閉め、流れるようにベッドへ飛び込んで目を閉じた。

部屋の外でアンが何かを言っているが、もう俺は睡魔《すいま》に抗《あらが》うことができない。

俺はそのまま深い眠りに落ちた。


「……っごふぅッ！」

俺はまだ深い闇に囚《とら》われていたのに、腹部に強い衝撃を感じて目が覚めてしまった。

「ア、アン。タケルさんが苦しそうですよ⁉」

「いいのいいの！　このくらいじゃ起きないって」

目を閉じたまま耳を澄《す》ませると、なにやら二人の話し声が聞こえる。

俺はこうして無理やり起こされたというわけか。

「……！　アン。僕、先に外で待ってるね。お大事に……」

俺は状況《じょうきょう》を把握したので目を開いて視線を動かすと、たまたまシフォンと目が合った。すると、シフォンは焦った様子で部屋から出ていってしまった。

「え？　どういうこと？　シフォンもやろうよー」

アンは俺の鳩尾《みぞおち》辺りに全体重を乗せるように膝立ちをしており、俺を苦しめることに夢中で俺が起きていることには気付いていないようだ。

「しょうがないなぁ。じゃあ、もっと強……く。おはよう、タケルさん！　私ももう行──」

「──逃《にが》すか。頭蓋骨《ずがいこつ》が陥没《かんぼつ》するまでグリグリしてやる」

アンは俺が起きていることに途中《とちゅう》で気付き、誤魔化《ごまか》そうとしたがもう手遅《ておく》れだ。

俺は逃げようとするアンのこめかみを拳でグリグリとした。

「い、いやぁぁぁ！　頭が瓢箪《ひょうたん》みたくなっちゃうから！　ごめんなさい！　ごめんなさい！」

「……よし。起きるか」

俺は脱力《だつりょく》したアンを横に放り出して、部屋を後にした。

◆　◆　◆　◆

昼過ぎに屋敷を出発し、俺たちはクエストを受けるためにギルドへと向かっていた。

「うぅ。まだ頭がズキズキする……」

アンは側頭部を押さえながら言った。

「今回は完全にアンが悪いと思いますよ？」

「だって、タケルさんが寝る前に意地悪してきたから……」

アンは左隣《ひだりどなり》を歩く俺のことをジト目で睨んでいた。

「悪かったな。ギルドに着いたから切り替《か》えろよ」

ギルドに入ると、中はこれまでに類を見ないくらい騒がしくなっていた。

多分ミノタウロスの件だろうな。

ギルド内の冒険者は、まだ昼間だというのに楽しそうに酒を酌《く》み交《か》わしていた。

「みんな楽しそうにお酒を飲んでますね」

「どうしたんだろうね。受付さん、何かあったの？」

「これですよ、これ！　サラリー様がミノタウロスを単独で討伐したんですよ！　今朝ミノタウロスの出現地にギルドから派遣《はけん》された調査団が確認しに行ったら、全身が焼け焦げたミノタウロスの死体があったみたいです。しかも、これまでに発見された個体の中でも最大らしいですよ！　それに胴体と首が鋭利《えいり》な刃《は》で切り離されてたみたいです！」

受付嬢は興奮を隠せない様子で、『号外』と書かれた紙を指差しながら言った。

やっぱりこの話か。

「えー!?　凄いです……！　けど、また一歩遠くに行っちゃいました……」

シフォンは嬉《うれ》しい反面、複雑な気持ちだろうな。

「タケルさん、討伐は厳しいとか言ってたけど余裕だったじゃん！　サラリー様を甘《あま》く見過ぎだよ！」

「そうだな。サラリー……様はよくやったと思うよ」

軽傷とはいえ、あの巨大なミノタウロスに魔法だけでダメージを与《あた》えたんだ。

それも単独で。凄いことだろう。

「ぶー。なんか偉《えら》そう！　ね、シフォン」

「まるで知り合いみたいな言い方です！」

シフォンは天然っぽいのに鋭《するど》いな。

「よし。クエストに行くか。今日はこれだ」

俺はボロが出る前に話を逸《そ》らし、パッと掲示板《けいじばん》からクエストを選択《せんたく》した。

後ろからはやんややんやと二人の声が聞こえてきたが、俺は素知らぬフリで乗り切った。

「今回のクエストは難しいですか？」

「ああ。ここを道なりに進むとでかい湖があるんだが、今回はそこに棲《す》むモンスターを討伐する」

「ビッグアリゲーター……？　危険なモンスターなの？」

アンはクエスト用紙を見ながら疑問に満ちた声で言った。

俺たちが討伐するのは、巨大な口から所狭《ところせま》しと生えている鋭利な牙《きば》が特徴《とくちょう》の、Ｄランククエストのビッグアリゲーターだ。

「そうだな。ただ、今回はシフォンのためのクエストになるな」

「僕？」

「ああ。ほら見えてきたぞ。シフォンには魔法の発動を激しく動きながら行うことに慣れてほしい」

話しながら歩いているうちに目の前には巨大な湖が広がっていた。

湖と言っても決して綺麗《きれい》なものではなく、やや茶色く濁《にご》っている。

俺は到着するなり地面に落ちていた拳サイズの石を湖に投げ入れた。

「なにしてるの？」

アンは不思議そうに見ていたが、すぐに分かる。

「まあ、見てろ。シフォン、魔法の準備をしておけ」

石を投げ入れてから三十秒ほどたった頃だった。

湖の表面が僅かだが蠢《うごめ》いた。

「全然出てこないね……。ここには生息していないのかもね」

アンは湖に背を向けて、やれやれというような顔で言ったが、その判断は早計だ。

「ア、アン。う、後ろ……」

シフォンは声を震《ふる》わせながら、アンの後ろを指差した。

「後ろ？　なにもいな――ぁ、ぁぁ……！」

ビッグアリゲーターは水音一つ立てることなく、湖の奥深《おくふか》くから距離を縮めていたのだ。

そして、アンが湖に背を向け油断した隙を見計らって水面から静かに顔を出した。

顔だけでも三メートル以上はあるだろう。

「アンは後ろに下がっていろ。シフォン、撃て！」

声にならない声を上げたアンはこくこくと頷《うなず》くと、見たことのないスピードで遥《はる》か後方まで走っていった。

「は、はい！　雷槍《サンダースピア》！」

ビッグアリゲーターはシフォンの杖《つえ》から出現した雷の槍《やり》を鼻先に受けたが、全く怯《ひる》むことなく口を大きく開き、俺たちを喰らおうとしてきた。

「攻撃を避《よ》けながら詠唱《えいしょう》を続けろ！　湖に沿って走れ！」

湖に対して、俺は右周りに、シフォンは左周りに走り、攻撃を回避《かいひ》した。

「わ、わかりました！　雷の槍よ。我が身を以《もっ》て顕現《けんげん》せよ！　雷槍《サンダースピア》！」

ビッグアリゲーターは凶暴《きょうぼう》な牙を俺に突き立てながら、四メートルはある尻尾《しっぽ》で背後にいるシフォンを狙《ねら》っていた。シフォンはそれを詠唱を行いながら回避し、魔法を撃ち込むことに成功していた。

普段《ふだん》は無詠唱で雷槍《サンダースピア》を撃つシフォンだが、動きながらだと詠唱なしで魔法を発動することが難しいようだ。

「グルァァァァッ！」

しかし、ビッグアリゲーターは全身が硬《かた》い鱗《うろこ》で覆われており、あまりダメージが入らない。

加えて、戦闘をしながらの詠唱なので、上手《うま》く魔力《まりょく》を込められていないのかもしれない。

ビッグアリゲーターは先にシフォンを喰らうべきだと判断したのか、百八十度の方向転換をすると、俺とは真反対の位置で立ち竦《すく》むシフォンに狙いを定めて大きく口を開いた。

距離にしておよそ十メートル。今から回避行動に移れば、十分に間に合うだろう。

「シフォン！　避けてッ！」

いつの間にか湖の近くまで来ていたアンが声を掛けるが、シフォンは一歩も動けない。

恐怖《きょうふ》で全身が震えているのがわかる。

ここまでか……。

俺はフッと小さく息を吐いて、一歩前に足を踏《ふ》み出した。

「縮地！」

シフォンとビッグアリゲーターの距離が残り二メートルというところで、俺は水面を走った。

そして、ビッグアリゲーターの首を目掛けて刀を数回振り、頭部を斬り落とした。

「大丈夫か？」

対岸に着地した俺は刀を鞘に納め、シフォンに声をかけた。

「……はぁ」

シフォンはビッグアリゲータの生首の横で、大きく息を吐きながら尻《しり》もちをついた。

「シフォーン！　よがっだぁ。いぎででよがっだよぉ！　ダゲルざん！　ありがどー！」

「……死ぬかと思いました」

アンは泣き叫びながら、未《いま》だ放心状態のシフォンに抱《だ》きついていた。

「すまないな。少し助けるのが遅れた」

「いえ……いい経験になりました。タケルさんがいなかったら死んでいたので。それに、僕がまともに戦えていればこんなことには……」

シフォンはどこか悔しそうな表情だった。

「十分に戦えてたと思うぞ。反省点があるとしたら、中盤《ちゆうばん》での焦りと敵への恐怖心《きようふしん》が強すぎたことぐらいか」

俺はおぞましい表情で転がっている、ビッグアリゲーターの生首を見ながら言った。

シフォンからすれば、自分のことを情けなく思えてしまっただろうが、実際はそんなことはない。

自分よりも遥かに巨大な敵に対し、果敢《かかん》に魔法を放っていたし、一人でよく戦ったと言えるだろう。

「確かに、自分の想定と違う攻撃をされると焦ってしまうかもしれません。そこはしっかりと反省ですね」

「うんうん！　今日はタケルさんに助けられちゃったけど、いつかは私たちだけで倒せるように頑張ろうね！」

アンは悔しそうに拳を強く握《にぎ》るシフォンに向かって、涙混じりの笑顔《えがお》で微笑みかけた。

二人で助け合っていけばいい。それがパーティー。それが仲間だ。

「じゃあ、俺は討伐完了部位を取ってくるから、落ち着いたら教えてくれ」

それから数分後にアンとシフォンが落ち着きを取り戻したので、俺たちはゆったりとした足取りでギルドへ帰ったのだった。


「そういえば、今日の夕飯の買い出しってまだでしたね」

「あー！　何も買ってなかったね。どうする？」

「なら、俺が討伐完了の報告をしてくるから、二人には買い出しを頼んでいいか？」

ビッグアリゲーターの討伐を終えた帰り道。

今日はクエストを始めるのが遅かったせいで時間が押してしまっていたので、買い出しとギルドへの報告で二手に分かれることになった。

「わかりました！」

「じゃあ、屋敷に集合でいい？」

やはり女の子だけで話したいこともあるのだろう。

二人ともとても楽しそうだった。

「ああ。気を付けろよ」

俺の返事なんて待たずに、二人は人混みに紛れて行ってしまった。

一人だと少し寂《さび》しいが、ギルドに行くか。


「サクラ。これを頼む」

俺は討伐完了部位のビッグアリゲーターの牙をサクラに渡した。

「はいはい。今日は珍《めずら》しく一人なの？」

「まあな。二人は仲良く買い出しに行ったよ」

俺はギルドの受付でサクラとしばしの談笑を交わす。

「あの二人は一緒《いっしょ》に暮らしているの？」

サクラは紙に討伐記録を書きながら言った。

「そうだな。家事全般《ぜんぱん》を任せてしまっている。俺も覚えるべきだろうか」

「はぇ？　どういうこと？　タケルくんも一緒なの？」

サクラは手を止めると顔を上げたが、その顔は疑問符《ぎもんふ》だらけだった。

「ああ。最近、色々あって屋敷を手に入れたんだ。その屋敷にパーティーで住んで……ん？　どうかしたか？」

「……はぁ。まさかそんなことになっていたなんてね。まあ、色々と気をつけなさいよ？　色々と」

色々とね……。そういうことを真顔で言うな。

こっちが恥ずかしくなるだろ。

「そういう関係じゃないから平気だ」

「まあ。そうでしょうね」

サクラは悪戯《いたずら》な笑みを浮かべた。

さては、俺のことをからかっていたな。

そんなことよりも俺には聞きたいことがあった。

「それより――」

「――ケイル。やっと見つけたー」

俺が今から口にしようとしていた人物は、ちょうどよく背後から現れた。

「……ケイル？」

サクラは事情を知らないので、目配せをして空気を読んでもらう。

「……サラリー様。そのお怪我《けが》は？」

俺のようなEランク冒険者がサラリーに話しかけられたからか周囲が騒がしい。

俺がケイルと呼ばれていることに違和《いわ》感を持つ人間が一人もいないのが寂しいが。

「うん。実は、ミノタウロスにやられちゃってさー」

サラリーは腹や肩、頭など至る所に包帯を巻いていた。

「無事で何よりです」

薬屋に届けた時よりも相当回復しているところを見ると、おそらくポーションで回復の促進《そくしん》でもしているのだろう。

ポーションを飲むと、全快はしないが傷の治りは何倍にも早くなるのだ。

「うん。これから……前のところに来られる？　私は先に行ってるから」

それだけ言うと、サラリーは走ってギルドから出ていった。

行かざるを得ない感じだが、ケジメをつけるいい機会なのかもしれない。

「タケルくん。サラリーさんは気付いてないの？」

ここまで空気を読んで黙《だま》っていたサクラが口を開いた。

「おそらくな。だが……いや、わからない。報奨金は預かっといてほしい。また明日取りに来るよ」

「わかった。気を付けてね？」

「ああ。またな」

俺は心配そうなサクラに別れを告げ、思い出の場所へ向かった。


今の俺の心を表しているように空は薄く曇《くも》り、普段よりも月の光が暗く感じた。

夜の森の中を慎重に歩き、中心部の泉へ向かう。

まさかもう一度あの場所で語らう日が来るとは思ってもいなかった。

「……お待たせしました」

「あっ、わざわざごめんねー。確認したいことがあってさー」

俺の昔からの定位置にはサラリーが座っていたので、俺は一メートルほど距離を開けて隣に座った。

「いえ。それでなんでしょうか？」

「うん。実はね、気になったことがあるんだー。実は私、ミノタウロスなんて倒してないんだよね」

サラリーは曇り空を見上げながら言った。

「……」

まさか、あっさりと本当のことを口にするとは思わなかった。

「ミノタウロスを瞬殺《しゅんさつ》した挙句、私のことを助けて街まで運んでくれた人がいたの。薬屋のお爺《じい》さんに聞いてみたけど、性別も顔も何もかもがわからないんだー」

「……はい」

「私があの時間にあそこに行くことを知っていたのは、ギルドマスターとここの領主、そしてケイルだけなの」

真実に近づいていくにつれて、全身に緊張《きんちょう》が走る。

「そうなんですか……」

俺は素っ気なく返事をした。

「もしかして……私のことを助けてくれたのはケイル？」

サラリーは俺の目を見ながら小さく笑っていたが、それに対する俺の答えは決まっていた。

「……違います。俺はただのEランク冒険者なので……」

俺はサラリーからフッと目を逸らしてから答えた。

「だよねー。私のことを助けたのはケイルかタケルだと思ったんだー。あっ、タケルっていうのは三年前まで同じパーティーだった人なんだよね。あんなに速いのはタケルしかいないしね。もしそうなら、なんで助けてくれたのかなー」

そっちはどう思っていたかなんて知らないが、俺からしたらかけがえのない仲間だったんだ。

「……何か大切な約束を……守ったのかもしれないですね」

「約束かー……。でも、タケルの実力でミノタウロスを倒せるとは思えないしなー」

もう、ろくに覚えてなんていないとは思うが、サラリーはどこか懐かしむように言った。

「その人は……タケルさんはどうしてパーティーを抜けたんですか？」

俺は聞きたくても聞けなかったことを、サラリーに問いかけた。

「うーん。ロイ、あ。ロイはうちのリーダーね。ロイが一番嫌《いや》がってたからねー。これじゃあSランクにはなれないって一年くらいは嘆《なげ》いてたかなー。現にタケルが抜けてからたったの一年でSランクになったしねー！」

俺は夢から覚めたように目が眩《くら》んだ。

だが、まだ判断するには早い。

「……タケルさんは今どこに？」

俺は小さな期待を込めて言葉を紡いだ。

「死んだんじゃないかな？　泣きながらどっか行ったよ。ついこの前まですっかり忘れてたけど」

サラリーの口から出てきたのは俺の期待を簡単に裏切る言葉だった。

あぁ……。俺は俺のことを追放した三人を後悔《こうかい》させたいがために努力をしてきたのに、彼《かれ》らは俺の存在すら忘れていたのか。

「……そうですか」

俺の右手は無意識に刀に手を掛けていた。

「うん。そこで一つ提案なんだけどさ、私と一緒に王都に行かない？　お金ならたくさんあるから、武器も防具もなんでも手に入るし楽しいよ。ロイに頼んで稽古《けいこ》もつけてもらえるしね。どう？」

普通《ふつう》の冒険者なら願ってもない誘《さそ》いだが、俺は違う。

今の『漣』は、地位や名声、金が欲《ほ》しくて冒険者をしているとしか思えない。

もちろん大事な要素だが、昔みたいな助け合いや協力なんてものはとうに忘れてしまったのだろうか。


「……ごめんなさい」

俺に断る以外の選択肢《せんたくし》はなかった。

「……理由を聞いてもいい？」

理由……。俺の頭には、一緒にパーティーを組んでくれた二人の顔がすぐに浮かんだ。

「──俺は……俺には、仲間を切り捨てることはできないので」

俺はケイルではなくタケルとして、これまでにないくらい強い意志を乗せて言葉を伝えた。

「……!? ふーん。それなら私はもう行くね。ばいばい。ロン毛のおにーさん」

サラリーは核心《かくしん》を突かれたようなギョッとした表情を浮かべると、挨拶《あいさつ》もそこそこにそそくさとこの場を後にした。

「……なんなんだ、この虚無感《きょむかん》は……」

この時、雲を押し除《の》けるようにして顔を出した月の光が、目の前の青く美しい泉に反射して周囲を照らしていた。

俺は心の中でサラリーに期待してしまっていた。

だからこうして話もしたし、深く質問をした。

でも、そんなのは幻想《げんそう》だった。

こんなことを思うのは間違っているのかもしれないが、思わずにはいられなかった。

なんで助けたんだろう。

◆　◆　◆　◆

「ただいま」

「遅いよ！　もうお腹《なか》ペコペコだよー」

「僕も空腹で死んでしまいそうです……」

屋敷のドアを開けると、二人は机の上でスライムのように溶けきっていた。

「すまない。少し用事があってな」

二人に迷惑《めいわく》はかけられないので、泉で気持ちが落ち着くのを待って屋敷へ戻った。

「じゃあ、すぐに作っちゃうから。先に着替えてきてね！」

アンは壁に掛けられたエプロンを取りながら言った。

「……何も聞かないのか？」

「誰《だれ》にだって秘密はありますから。でも、いつか私たちにも教えてくださいね？」

シフォンの言葉に後ろにいるアンも小さく頷いていた。

「ああ。もう少し時間が必要かもしれないが、必ず教える」

この二人を切り捨てることなんて俺にはできない。

さっきの選択は間違ってはいなかったのだろう。

「うん！　そういえば、街の人に聞いた話なんだけど、近いうちに、五組のSランクパーティーから選ばれた四人の精鋭《せいえい》が魔王城に乗り込むらしいよ！」

魔王城か……。所在地は王家と冒険者の中でも一部の者しか知らない地獄《じごく》への入り口だ。

二十年ほど前に当時の選ばれし四人の精鋭が一度だけ魔王城への遠征《えんせい》を行ったと文献《ぶんけん》で見たことがある。

結果は、たった一人の魔王軍幹部を相手に壊滅《かいめつ》。

その後選ばれた四人はなんとか生きながらえたが、冒険者として第一線からは退いたらしい。

「……そうか」

「勝てるといいねー。いつか私たちも大活躍《だいかつやく》して選ばれたいね！」

「はい！　僕はサラリー様と共闘《きょうとう》したいです！」

二人は元気よく話しているが、そんなに甘くはないはずだ。

どうなるかは結果を待つしかないか。

第7話　SIDE by サラリー

「サラリー。本当に一人で行くのか？」

「ロイの言う通りです。魔法《まほう》だけでミノタウロスを倒《たお》すなんて危険ですよ」

王都を旅立つ日の朝。

馬車に乗り込《こ》んでもう出発というところで、パーティーメンバーのロイとスズが心配そうに言ってきた。

「大丈夫《だいじょうぶ》だよー。ここで単独で討伐《とうばつ》することができたら、賢者《けんじゃ》候補の中でも一目置かれる存在になれるでしょ？」

「まあ、そうだが……。ゴードンも何か言ってやってくれ」

ロイは依然《いぜん》として私が行くことに反対のようだ。

「……気を付けろよ」

私のことを一瞥《いちべつ》もせずにボソリと呟《つぶや》いたのは、三年前からパーティーに加わったゴードンだ。

実力は折り紙付きだけど、いつも頭から足の先までプレートアーマーを装備しているので、ルックスはよくわからない。

「じゃあ、行ってくるねー」

ロイとスズはゴードンの一言に折れてくれたのか、馬車に乗り込んだ私を引き止めることなく、軽く手を振《ふ》って見送ってくれた。

それにしてもフローノアに行くのは久しぶりだなー。

一人で不安だけど、頑張《がんば》るしかないかー。

◆　◆　◆　◆

王都を出発してから馬車に揺《ゆ》られること半日。

やっとフローノアの街が見えてきた。

私がミノタウロスの討伐のために訪《おとず》れたことは既《すで》に街の住人に知れ渡《わた》っているみたいで、馬車の周りを取り囲むような大歓声《だいかんせい》が聞こえてきた。

「サラリー様！　こっちを向いて！」

「相変わらず美しいな！」

そんな人々の声に、私も馬車の窓から顔を出して笑顔《えがお》で応《こた》えていく。

三十分ほどゆっくりと馬車を走らせて向かった先は、フローノアの中心部に位置する冒険者《ぼうけんしゃ》ギルドだ。

ギルドから五メートルほど手前に馬車を停《と》め、大きく開かれた入り口に向かう。

これからギルドマスターと対談かー。

もうお昼すぎだし、早く休みたいなー。

なんてことを頭の中で考えていると、ギルドの中から勢いよく出てきた人とぶつかってしまった。

「キャッ！」

軽い衝撃《しょうげき》だったけど、突然《とつぜん》のことだったから声を上げてしまった。

「すみません。大丈夫ですか？」

私が大袈裟《おおげさ》な反応をしてしまったからか、目の前の人は深く頭を下げていた。

「大丈夫ですよー」

「そうです。良か……った……っ⁉」

その人は黒髪のロン毛にキリッとした目付きの色男だった。

なぜか、凄《すご》く驚《おどろ》いた顔で私の顔を見ていた。

「あのー。なにかありましたかー？」

汗《あせ》もすごいし、呼吸も荒《あら》い。

どう見ても大丈夫そうには見えなかった。

「……っ……い、いえ……平気です」

私は手が空いてないから無理だけど、誰《だれ》か処置をしてあげて。

「そっか。またねー。ロン毛のおにーさん」

ロイと肩《かた》を並べるくらいのイケメンを見てテンションが上がった私は、軽い足取りで歩を進めた。

装備も安っぽかったし、新米の冒険者かなー？

◆　◆　◆　◆

もう真夜中だというのに、私は全然眠《ねむ》れないでいた。

なので私は今日のためにあてがわれた豪邸《ごうてい》をこっそりと抜《ぬ》け出してある場所へ向かった。

月明かりが照らす薄暗《うすぐら》い森の中を、十分、十五分ほど歩くと、そこはやっと見えてきた。

小さな森の中にある、小さな泉。

ここは『漣《さざなみ》』を結成した場所だ。

先客がいる？　この人……。

「あれー？　ロン毛のおにーさん？」

「っ⁉」

私が後ろから声を掛《か》けると、驚いたような表情を浮《う》かべながら勢いよく振り返った。

「こんなところで、どうしたのー？」

「……眠れなくて」

私と同じで眠れないようだ。

「ふーん。私も眠れないんだよねー。明日のこの時間は戦闘《せんとう》の真っ最中だろうし。あ。今の内緒《ないしょ》だよ？　騒《さわ》ぎにならないようにこっそり行くから」

「そうなんですか……」

考え込むような表情で返事をした。

「うん……。ねぇー……私たち、どこかで会ったことある？」

その木陰《こかげ》に座《すわ》っていたのは……確か……。

「……いえ」

おにーさんは、なんのことかわからないという表情で答えた。

「そっかー」

まあ、見た目も全然違《ちが》うしね。

「明日。勝てそうですか？」

「んー……。わかんないかなー。けど、賢者候補として名を上げるなら、魔法だけでミノタウロスの一体くらいは倒さないとねー」

これまでパーティーでしかミノタウロスは倒したことがないから、かなり危険な戦いになるだろう。

「……頑張ってください」

彼《かれ》は声も小さくてぶっきらぼうだけど、確かに応援《おうえん》の言葉をくれた。

「うん！　おにーさんの名前教えてよー。なんか懐《なつ》かしい感じがしてさー」

話のテンポとか雰囲気《ふんいき》にどことなく覚えがあるのはなんでだろう。

「……ケイルです」

「ケイル……ケイルね！　私が討伐完了《かんりよう》したらまたここで話そうねー。じゃあねー！」

私は黒髪のロン毛で色男のおにーさんこと、ケイルと別れて帰路に就《つ》いた。

「またな――」

後ろからケイルの小さい声が聞こえてきたけど、それは夜風に流されていった。

あー。明日かー。緊張《きんちょう》するなー。

私に勝てるかなー。

◆ ◆ ◆ ◆

今回のミノタウロスを討伐する時間帯については、ここの領主とギルドマスターとケイルしか知らない。

私は日を跨《また》ぐ少し前にフローノアを出発し、モンスターと出会って余計な体力を使わないように道中は慎重《しんちょう》に歩いていた。

実力を見せつけるためにもミノタウロスを魔法だけで完封《かんぷう》する予定なので、ローブの下には魔力を回復するためのマジックポーションをいくつか忍《しの》ばせていた。

ゆっくりと歩を進め、荒《あ》れ果てた大地や小さな山々を越《こ》えていくと、暗闇《くらやみ》の中に蠢《うごめ》く巨大《きょだい》な影《かげ》を発見した。

今回の討伐対象、ミノタウロスだ。

その距離《きょり》、およそ二十メートル。

幸い、ミノタウロスはこちらに気付いていない様子だったので、私は茂《しげ》みに身を潜《ひそ》めながら高速詠唱《えいしょう》を開始した。

最後にミノタウロスの討伐をしたのは相当前なので、成長した今の私の魔法なら数発で仕留められるはず。

「雷神ノ大槌《トールハンマー》！」

ミノタウロスの真後ろから不意打ちでお見舞《みま》いしたのは、私が最も得意とする雷《いかづち》魔法の上級魔法で、目一杯《めいっぱい》の魔力を込めた全力の一撃《いちげき》だ。

「ブモォォッッ⁉」

天から振り下ろされる雷の槌《つち》をその身に受けたミノタウロスは、苦しそうな声を上げた。

「やったかなー？　雷神斬《らいじんぎ》り！」

私は苦しんでいるミノタウロスに向けて、立て続けに魔法を撃《う》ち込んだ。

雷の巨大な刃《やいば》がミノタウロスの肉を切り裂《さ》く音が辺りに響《ひび》くのと同時に、ミノタウロスの鮮血《せんけつ》のような真っ赤な目が私の姿を捉《とら》えた。

「ブモォォッッ！」

ミノタウロスは脳にまで響くような咆哮《ほうこう》を上げながら、雷魔法で焼け焦《こ》げた巨体《きょたい》を動かしてこちらに一直線に突撃《とつげき》してきた。

「っ！」

ギリギリのところで回避《かいひ》に成功したけど、ミノタウロスの目は私のことを捉えたまま離《はな》していなかった。

ミノタウロスは地を踏《ふ》みしめて大きく跳躍《ちょうやく》すると、一度でも喰《く》らうことは許されないであろう巨大な拳《こぶし》を、重力に従って振り下ろした。

「雷槍《サンダースピア》！」

しかし、私は腐《くさ》ってもSランク冒険者だ。

その拳を際どいタイミングで避《よ》け、高速詠唱を完成させ、追い討ちとばかりに魔法を発動させた。

私は十本の雷の槍を空中に生成し、地面に拳を埋《う》め込んだミノタウロスの頭上から雨のように降らせた。


「……これでどう？　倒した？」

辺りには黒い煙《けむり》が立ち込めていて状況《じょうきょう》の把握《はあく》が難しい。

私の魔力もあと少し。さっきの攻撃《こうげき》を回避した衝撃でマジックポーションの容器は割れてしまっていたので、これ以上の戦闘は厳しいだろう。

この威力《いりょく》でこの量の魔法を直撃させたので、普通《ふつう》のミノタウロスなら絶命したはず……。

「——ブモォォッッッ!!」

しかし、私の期待は大きく外れ、ミノタウロスは立ち込める煙の中で咆哮を上げた。

「ど、どこ!?」

ミノタウロスはこちらを惑《まど》わすために動き続けているのか、色々な方向から走る音や声がしきりに聞こえてくる。

「出てきな——かはっ！」

私が声を出した瞬間《しゅんかん》だった。

背中に強い衝撃を受けると同時に肺の中の全《すべ》ての空気が抜け、私の体は弧《こ》を描《えが》くように大きく吹《ふ》き飛ばされた。

私は慢心《まんしん》をしているつもりはなかったけど、油断はしていたのかもしれない。

マジックポーションだけで対策をするなんて、甘《あま》い考えだった……。

パーティーメンバーにいかに頼《たよ》りっきりだったのかが、明らかになった。

ごめんね。みんな。私、先にいくね……。

私はギュッと目を瞑《つむ》り覚悟《かくご》を決めた。

しかし、その時は訪れなかった。

「大丈夫か⁉」

私は誰かに抱《だ》きかかえられていた。

ここに人なんて来るはずがないのに……。

なんとか目を開けて顔を確認《かくにん》しようとしたけど、私の視界は血と涙《なみだ》で滲《にじ》んでしまい、何も見ることができなかった。

そこからはあっという間だった。

ミノタウロスの攻撃を次々と回避した後に、突然私のことを上に放り投げたと思ったら、気付いた時には戦いは終わっていたのだ。

こんな規格外の速さの人は一人しか知らない。

けど、あの人はこんなに強くないはず……。

「タケ……ル……？」

小さな可能性だけど、もしかしたらこの人はタケルかもしれない。

「——俺《おれ》は——だ」

結局、返事を聞くことは叶《かな》わずに私の意識は途切《とぎ》れた。

◆ ◆ ◆ ◆

私が痛みを感じて目を覚ました場所は、白くて固いベッドの上だった。

「……っ、痛っ」

無意識にため息が溢《あふ》れてしまい、ミノタウロスに対して何も太刀《たち》打《う》ちできなかったことを改めて実感していると、ドアをノックするリズミカルな音が部屋に響いた。

「……はぁ」

天井《てんじょう》を見ながら小さくため息を吐《つ》くと、再びドアが軽くノックされた。

「はーい」

私は仕方なく返事をした。

「サラリー様。お目覚めになられましたか。お体の具合はいかがですか？」

ゆったりとした白いローブを着た温和な表情のお爺《じい》さんが、ベッドで横になっている私のもとへとやってきた。

「……大丈夫そうです。ところで、誰がここまで運んでくれたんですか？」

私のことを助けてくれたのは誰だろうか。

「ご本人様からのお願いで、その質問には答えられません」

「そうですか……。では、どのくらいで外に出られますか？」

今の私には深く追及《ついきゅう》する気力はなかった。

「上級ポーションで回復の促進《そくしん》をしておりますので、半日程度で退院することが可能です。それと、黒いローブだけで杖《つえ》がないのですが、大丈夫でしたでしょうか？」

私が装備していたローブは、ミノタウロスの攻撃で土汚《よご》れや血が付着した状態で壁《かべ》に掛けられていた。

「私は杖を持たないので大丈夫です」

魔法使いの杖は魔法に魔力を込めやすくするために持つものなので、それに慣れてきたら必ずしも持つ必要はない。

「そうですか。では、半日ほど安静になさってください。ミノタウロスの討伐、おめでとうございます」

「あっ、私は……って、行っちゃった……」

お爺さんは言葉だけを残してすぐに退室していってしまった。

討伐したのは私じゃないのにな……。


「それでは、お体にお気をつけて」

「……ありがとうございました」

ある程度傷が癒《い》えて退院した時には、闇《やみ》に包まれていた。

酷《ひど》く汚れたローブは処分してもらい、包帯が巻かれた体でギルドへ向かった。

既にミノタウロスの絶命が確認されたのだろう。

道中、周囲からは尊敬するような視線や声、まるで英雄《えいゆう》でも崇《あが》めるかのような扱《あつか》いを受けていた。

そんなことはどうでもよくて、今探しているのは私のことを助けた可能性があるうちの一人。

ギルドに到着《とうちゃく》すると、その人をすぐに見つけることができた。

受付嬢《うけつけじょう》のサクラさんと楽しそうに話していたので、私は間に割り込むようにして声をかけた。

「ケイル。やっと見つけたー」

「……ケイル？」

サクラさんはケイルの名前を知らなかったのか、名前を呼ぶ声はどこか疑問を含《ふく》んでいた。

「……サラリー様。そのお怪我《けが》は？」

ケイルが私の体に巻かれた包帯に目をやりながら言った。

「うん。実は、ミノタウロスにやられちゃってさー」

これを聞いた周囲の冒険者が口々に驚きの声を上げた。

しかし、ケイルには驚いた様子がほとんど見られなかった。

「無事で何よりです」

私はそんなケイルを気に入っていた。

ぶっきらぼうだけど、どこか優《やさ》しいところを。

「うん。これから……前のところに来られる？　私は先に行ってるから」

なぜ、あそこに呼んで話そうとしたのかはわからない。

たまたま二人とも知っているところだからだろうか。

私は周りに群がる冒険者をかき分けて一足先にあの場所へ向かった。


ミノタウロスと戦ったときは天気が良くて雲ひとつなかったのに、今日は曇天《どんてん》の空模様だった。

泉の前に到着した私は、無意識に慣れない木陰に腰《こし》を掛けていた。

数十分、いやもっと待っただろうか。

「……お待たせしました」

ケイルは私の背後の暗い木々の中から静かに現れた。

「あっ、わざわざごめんねー。確認したいことがあってさー」

ケイルは私から少し離れた位置に腰を下ろすと、こちらに向き直り、口を開いた。

「いえ。それでなんでしょうか？」

「うん。実はね、気になったことがあるんだー。実は私、ミノタウロスなんて倒してないんだよね」

私はあの時の光景を思い出すように曇《くも》り空を見上げながら言った。

私がミノタウロスに与《あた》えたダメージは精々二割程度だろう。

「……」

ケイルはそんな私の告白を無言で聞いていた。

「ミノタウロスを瞬殺《しゅんさつ》した挙句、私のことを助けて街まで運んでくれた人がいたの。薬屋のお爺さんに聞いてみたけど、性別も顔も何もかもがわからないんだー」

「……はい」

「私があの時間にあそこに行くことを知っていたのは、ギルドマスターとここの領主、そしてケイルだけなの」

ギルドマスターは見たところ五十代くらいの女性だし、領主は初老の男性。

可能性があるのはケイルしかいないけど、その可能性だって相当低い。

「そうなんですか……」

ケイルはこの話に特に興味がないというように相槌《あいづち》を打った。

「もしかして……私のことを助けてくれたのはケイル？」

私はほんの僅《わず》かな期待を込めて小さく笑った。

「……違います。俺はただのEランク冒険者なので……」

だが、やはり違うようだった。

「だよねー。私のことを助けたのはケイルかタケルだと思ったんだー。あっ、タケルっていうのは三年前まで同じパーティーだった人なんだよね。あんなに速いのはタケルしかいないしね。もしそうなら、なんで助けてくれたのかなー」

記憶《きおく》を思い起こすと、私を助けた人は相当なスピードだった。

それも、私が目で追えないくらいの。

「……何か大切な約束を……守ったのかもしれないですね」

ケイルは何かを思い出すように目を細めて、ゆっくりと言った。

タケルとの約束……なんてしたかなー。

「約束かー……。でも、タケルの実力でミノタウロスを倒せるとは思えないしなー」

あんな小型ナイフでちびちび切るだけの攻撃なら、討伐に何日もかかりそうだ。

「その人は……タケルさんはどうしてパーティーを抜けたんですか？」

ケイルは私の目をジッと見ながら言った。

「うーん。ロイ、あ。ロイはうちのリーダーね。ロイが一番嫌《いや》がってたからねー。これじゃあSランクにはなれないって一年くらいは嘆《なげ》いてたかなー。現にタケルが抜けてからたったの一年でSランクになったしねー！」

私の話を聞いたケイルは軽く目を見開き、小さな息を一つ吐いていた。

きっと私たちがSランクに至るまでの話に驚いているのだろう。

「……タケルさんは今どこに？」

少しの沈黙《ちんもく》の後、ケイルはゆっくりと言葉を紡《つむ》いだ。

「死んだんじゃないかな？　泣きながらどっか行ったよ。ついこの前まですっかり忘れてたけど」

どこに行ったのかは全くわからないし、話も聞かない。

私達は三年前のあの日から既に死んだものと認識《にんしき》していた。

「……そうですか」

「うん。そこで一つ提案なんだけどさ、私と一緒《いっしょ》に王都に行かない？　お金ならたくさんあるから、武器も防具もなんでも手に入るし楽しいよ。ロイに頼《たの》んで稽古《けいこ》もつけてもらえるしね。どう？」

私がケイルを気に入ったからこその破格の提案だ。

これを了承《りょうしょう》すれば、地位、名誉《めいよ》、名声、富。全てが一瞬《いっしゅん》で手に入るだろう。

だけど、返ってきた答えは予想外のものだった。

「……ごめんなさい」

ケイルは考える素振《そぶ》りも見せずにあっさりと言った。

「……理由を聞いてもいい？」

病気の母がいるとか、フローノアが好きだからとか、どこか私たちに申し訳ないからとか、そんな程度ならどうにでもなる。

「――俺は……俺には、仲間を切り捨てることはできないので」

ケイルは力強く、それでいてはっきりと答えた。

切り……捨てる？

まるで私を咎《とが》めるような言い方だった。

「……!?　ふーん。それなら私はもう行くね。ばいばい。ロン毛のおにーさん」

意表を突《つ》かれた回答に面食らった私は、動揺《どうよう》を隠《かく》しきれずにすぐにこの場から立ち去った。

誘《さそ》わなければよかった。

一瞬で勝ち組になれるチャンスを潰《つぶ》したんだ。

これは王都へ帰ったらロイとスズに報告しないとなー。

第8話　方向性

「明日はDランク試験を受けにいかない？」

アンが小さなパンを咀嚼《そしやく》しながら言った。

「もう受けられるのか？」

「うん。この前受付さんに聞いたら、次のクエストをクリアしたら受けられるって言ってたよ」

今日でビッグアリゲーターの討伐《とうばつ》クエストをクリアしたから、明日にはDランク試験を受けられるということか。

「わかった。シフォンもそれでいいか？」

口一杯《くちいっぱい》に水とパンとスープと肉を詰《つ》め込《こ》んだシフォンに聞いた。

「ぁい！　らいひょうぶれす！」

一体そんな小さい体のどこに吸収されているんだ……。

「そ、そうか。なら、いいんだが……」

よく分からなかったが、首を縦に振《ふ》っていたのでいいのだろう。

「じゃあ決まりね！」

明日はDランク試験を受けることで決定したようだ。

まあ、Eランクの時よりもさらに人数は少ないはずなので、すぐに終わるだろう。

「ごちそうさん。すまないが先に部屋に戻《もど》る」

「あっ、タケルさんが残したお肉もらってもいいですか？」

俺《おれ》はサラリーの一件のせいかあまり胃が食べ物を受け付けなかったので、脂《あぶら》の乗ったオーク肉を残してしまっていた。

「……ああ。よく噛《か》むんだぞ」

シフォンは黄色い瞳《ひとみ》をキラキラと輝《かがや》かせながら、俺が残したオーク肉にフォークを突《つ》き刺《さ》して、すぐさま口に運んでいた。

「シフォンってそんなに食べる子だったっけ？」

アンが隣《となり》に座《すわ》る俺だけに聞こえる声で言った。

「まあ、これがシフォンの素の姿なんじゃないか？　それに宿代が浮《う》いた分をシフォンの食費に回せば多分大丈夫《だいじょうぶ》だ……。多分……」

こんな話をしている間にも、シフォンは次々と料理が盛り付けられた食器を空にしていたので、少し不安になってきた。

「んぐっ……。どうしましたか？」

「なんでもない。幸せそうで何よりだ」

俺はシフォンが口の中のごちゃ混ぜの異物を水で流し込むのを見届けて、リビングを後にした。

ベッドで仰向《あおむ》けになると、やや年季の入った天井《てんじょう》を眺《なが》めながら、これまでの一連の出来事を冷静に振り返った。

果たして、俺がサラリーのことを助けたのは正解だったのだろうか。

サラリーだけは俺、タケルのことを良く思っていてくれていたのではないか、という僅《わず》かな期待が完全になくなってしまった今、俺はこれからどうするべきなのだろうか。

ただ何も考えずにロイ達《たち》を皆殺《みなごろ》しにするわけにはいかない。

そんなことをしてしまえばアンとシフォンまで傷つけてしまうから。

大切な仲間を傷つけてまで行う復讐《ふくしゅう》に価値はない。

正直ここで忘れてしまうのも手だろうが、自分の意志を貫《つらぬ》き通してサラリーの提案に対して明確な拒絶《きょぜつ》を突きつけた以上は、あっちが何らかのアクションを起こしてくる可能性も考慮《こうりょ》すべきだろう。

頭の片隅《かたすみ》に入れておくが、こちらからの干渉《かんしょう》は極力避《さ》けるのがいいのかもしれない。

まあ、何にせよ。

二人にはそのうち本当のことを話さなければならない。

俺が暴力的な犯罪者だと噂《うわさ》の『漣《さざなみ》』の元メンバーだと。

消えてからつけられた二つ名の【光速移動】は俺のことだと。

これらの真実を早い段階で報告するのが義務だろう。

俺が考えごとをしている中、リビングからはアンとシフォンの豪快《ごうかい》な笑い声が聞こえてきた。

二人は俺の正体を知っても幻滅《げんめつ》しないだろうか。

二人にとっての俺は大切な仲間なのだろうか。

不安が募《つの》る一方だ。

考えれば考えるほど頭が疲《つか》れていき、蓄積《ちくせき》していた体の疲労《ひろう》も相まって、俺はフッと意識を手放したのだった。

◆◆◆◆

「受付さん！　Dランク試験をお願いします！」

アンがカウンターに乗り上げそうな勢いで元気に言った。

「少々お待ちください」

俺がサラリーの提案を拒否《きょひ》した翌日。

今日は余裕《よゆう》を持って早い時間帯にDランク試験を受けにきていた。

「二人とも。少し外す」

「僕《ぼく》はいいですよ！　アンは——大丈夫だと思います！」

アンは楽しそうに鼻歌を歌っているので知らないが、シフォンの許可をもらえたので大丈夫だろう。

俺は二人がDランク試験の手続きをしてくれている間に、カウンターの隅《すみ》でなにやら作業をしているサクラのもとへ向かった。

「仕事中すまない。聞きたいことがあってな」

「いいけど……。何？」

サクラは書き物をしていた手を止めた。

「サラリーはもう帰ったのか？」

「うん。今朝方、王都へ帰還《きかん》したわよ。何かあったの？」

サラリーの方から何かアクションがあるかと思っていたが、特にないようだな。

「実は『漣』に誘《さそ》われたんだ。まあ、キッパリ断ったけどな」

俺は昨日の出来事を頭の中で思い出しながらサクラに伝えた。

「え!? そんなことして大丈夫だったの？」

「今のところは」

「そう。ならいいけど。それよりも奥《おく》にいる二人がチラチラ見てるわよ？」

「ん？ すまない。このあたりで失礼する」

俺はこれから罪のない同志を倒《たお》して次のランクにのし上がらなければならないのだ。

「はいはい。気をつけてね」

二人のもとへ小走りで戻ると、シフォンが待ってましたと言わんばかりに、手に持っていた紙を俺の眼前で見せつけてきた。

「タケルさん！ Dランク試験からはパーティーで受けられるみたいなんです。個人とパーティーどっちにしますか？」

少しだけ迷ったが結論はすぐに出た。

「パーティーで受けよう」

誰《だれ》かが試験に落ちる心配はしていないが、パーティーで受けた方が万が一の時にも安心だろう。

「じゃあ、ここに名前とパーティー名とか色々と書いて！　早く、早く、早く！」

「あ、ああ。アンはなんでそんなに楽しそうなんだ？」

アンがぴょんぴょんと飛び跳《は》ねながら急《せ》かしてきたので、冷静なシフォンに聞いた。

「実はパーティーで受ける場合は小遠征《しょうえんせい》になるみたいです！」

「前回のような試験に合格した後に、ギルドから指定されたモンスターを期間内に個人で討伐するらしいです！」

「個人だと？」

個人だとあっという間に終わりそうだな。

まあ、この先もそういう機会はあるだろうし、遠征の経験もしておいた方がいいだろう。

「……よし。すみません、これでお願いします」

俺はシフォンと話をしながらサラサラと必要事項《じこう》を紙に書き終えたので、テーブルの上を滑《すべ》らせるようにして受付嬢《うけつけじょう》に紙を渡《わた》した。

「はい。承《うけたまわ》りました。試験に関する説明はお聞きになりますか？」

「お願いしますっ！」

アンが食い気味に答えた。

「かしこまりました。パーティーでDランク試験を受ける場合は、フローノアから西へ半日ほど歩いた先にあるダンジョンへの小遠征となりますので、万全《ばんぜん》の対策をしてから出発してください。試験完了《かんりよう》の証明はダンジョンの最奥《さいおう》のフロアの内壁《ないへき》となりますので忘れずに回収をお願いします。夜営についての説明も行いますか？」

徒歩で半日か。

行き帰りで一泊《ぱく》ずつは必至だな。

「いえ、夜営は大丈夫です」

夜営に関しては『漣』の時に何度も経験があるので問題ないだろう。

「そうですか。Dランク試験からは報奨金《ほうしようきん》も出ますので、帰還しましたら必ず受付に申し出てください。では、お気をつけて！」

「ありがとうございます」

試験なのに報奨金が出るのはありがたいな。

何に使うかじっくり考えておこう。

「ねぇ、タケルさん。ほんとに大丈夫なの？　強がったら失敗するよ？」

アンが心配そうな表情で見上げてきたが、こちとら夜営担当と言っても過言ではないくらい夜営の準備と見張りをやってきたのだ。

ある程度の物さえ揃《そろ》っていれば簡単に出来る自信がある。

「大丈夫だ。昼頃《ひるごろ》には出発したいから買い出しに行くぞ」

「あ。僕、屋敷《やしき》から枕《まくら》を持っていきたいです！」

「いいぞ」

「私も！　お気に入りの寝巻《ねま》きは？」

「いいぞ」

「じゃ、じゃあ、僕はお菓子《かし》！」

「……！　な、なら、私は――痛っ！」

「――張り合うな。時間がなくなる」

途中《とちゅう》から無意味な争いに発展していたので、俺は両者の頭を軽く叩《たた》くことで終止符《しゅうしふ》を打った。

「うう……。初めてぶたれました」

「脳に響《ひび》くよね……」

「……はぁ。枕も寝巻きもお菓子も持っていくんだろ？　それなら急がないとな……」

二人は頭を押《お》さえて痛がっていたが、すぐに花が咲《さ》いたような明るい顔になった。

先に歩き出した俺の後ろからは、タケルさんは優《やさ》しいとか、いいリーダーだとか言っているのが聞こえたが、無視を決め込んで歩を進めた。

はぁ……。この調子だと二日で帰って来られないかもな……。

◆　◆　◆　◆

「さあ、しゅっぱーつ！」

「おー！」

アンに続きシフォンが声高らかに拳《こぶし》を天に突き上げた。

「……」

俺たちはフローノアを出発して西へ歩き始めたが、二人は相当お気楽な様子であることがわかる。

「道中のモンスターは二人に任せるぞ？」

「うん！」

今の俺の背中には高さ百四十センチほどの巨大《きょだい》なバックパック。かたや二人の荷物はお菓子の入った小さな肩掛《かたか》けの鞄《かばん》と、それぞれの武器のみ。

こういった事情もあり、俺は万全な状態で戦うことは難しいので、モンスターに遭遇《そうぐう》した場合は二人に戦ってもらわないと困るわけだ。

呑気《のんき》で楽しげな二人に挟《はさ》まれながら歩くこと数時間、夕焼けが始まり、空が朱色《しゅいろ》に染まっていた。

ここまでオーク数体と無害なスライムにしか出会わなかったので、体力は有り余っている。

近くには小さな川もあるので、万全を期してここで休憩《きゅうけい》を取るべきだろう。

「……よし。夜営の準備をするから手伝ってくれ」

俺は三メートルほど前を歩いていた二人を呼び止めると同時に、巨大なバックパックを地面に下ろした。

「え？　もう準備ですか？」

「そうだよ。もう少し進めるよ？」

二人はこちらに振り返りはしたが、まだまだ進むつもりのようだった。

「色々と教えることがあるんだ。少し早いが今日はここまでだ。それが終わったら休憩と食事とお菓子の時間を取るから安心してくれ」

火の熾《おこ》し方、薪《まき》のくべ方、見張りのやり方……挙げればキリがないが教えることは山ほどあるのだ。

「はぁい」

アンは渋々《しぶしぶ》といった感じで返事をしたが、シフォンは絶望的な表情をしながら固まっていた。

「シフォン？　どうした？」

「ぼ、僕……」

「な、なんだ……？」

シフォンの目には薄《うっす》らと涙《なみだ》が浮かんでいるが、どんな深刻な問題が発覚したのだろうか……。

「……僕、屋敷にお菓子を忘れてきてしまいました……」

シフォンは自分の小さな肩掛けの鞄を一瞥《いちべつ》してから重たい口を開いたが、全く大した内容ではなかった。

「……そうか。それは残念だったな」

たかだか二日、三日の間お菓子を食べられないだけじゃないか。なんの問題もない。

「無理です！」

シフォンは俯《うつむ》きながらも鋭《するど》い語気で放った。

「そうか……。じゃあ、毎日食べるお菓子と何日か振りに食べるお菓子はどっちが美味《うま》いと思う？」

取りに帰るわけにもいかないので、無理やりにでも納得《なっとく》させるしかないな。

後者を選ぶように誘導《ゆうどう》してみたが……。

「どっちも美味《おい》しいです！　なにを当たり前のことを？」

が、ダメ。なんなく失敗。

シフォンは勢いよく顔を上げると、これまた鋭い語気で放った。

第一の矢は失敗したので、諸刃《もろは》の剣《つるぎ》になるがパワープレイに出ることにした。

「そ、そうか……。フローノアに帰ったら好きなだけお菓子を買ってやるから、小遠征の間は我慢《がまん》できるか？」

お菓子がないならお菓子で釣《つ》るしか方法がないのだ。

「えぇえ！　いいんですか？　好きなだけかぁ……。えへへ。何買おうかなぁ」

シフォンは喜びの感情を顔いっぱいに浮かべて、想像の世界に旅立った。

俺の懐《ふところ》が寒くなるが仕方がない……。

「タケルさん。シフォンって怖《こわ》いくらい素直《すなお》だよね。それを天然でやるのが恐《おそ》ろしいね……」

このやり取りを自分は関係ないとばかりに傍観《ぼうかん》していたアンがこそこそと言った。

「……そうだな。なら、アンにも買ってやろうか？」

これでアンが食いついてしまえばシフォンと同類だが、アンはそうじゃないと願う。

普通《ふつう》の感性を持つ人だったら、ここで一度は拒否しそうなものだが……。

「ええ！　いいの⁉　やったぁ、絶対だよ！」

ダメだった。

アンは現金でシフォンは素直。

性格こそ違《ちが》うが方向性は似たようなものだろう。

何のお菓子かは知らないが、Dランク試験の報奨金はあっという間に消えてしまいそうだな。

この後、お菓子を買う約束のおかげで元気を取り戻した二人に、夜を明かすために必要な準備を色々と教え終えた頃には結構な時間が経過していたので、すぐに食事の時間になったのだった。


食後のまだ薄暗《うすぐら》い時間帯のことだった。

アンが楽しげな鼻歌を歌いながら自身の小さな肩掛けの鞄から取り出したのは、オークの干し肉の〝何か〟だった。

「それ、美味いのか？」

テラテラと光る黒ずんだオークの干し肉はグロテスク以外のなにものでもないが、実は美味しいのかもしれない。

「え⁉　タケルさんってテラテラ食べたことないの？」

名前は見た目通りテラテラというらしい。

アンはお菓子を忘れたシフォンに半分ほどあげながら言った。

「あ、ああ……ないな」

これが二人が言っていたお菓子なのか？

「じゃあ一つ食べてみて！」

アンは俺に小指ほどの大きさのテラテラを渡してきたのだが、謎《なぞ》のヌルヌル感に干し肉の固さが絶妙《ぜつみょう》に気持ち悪いので、食べるのに躊躇《ちゅうちょ》してしまった。

「……覚悟《かくご》を決めろ……ッ⁉」

一気に口に放り込んだのだが、予想通り不快な味が瞬時《しゅんじ》に口一杯に広がっていった。

「美味しいよね⁉」

クソ不味《まず》い。

テラテラと光っていたのは酸味の利《き》いた蜜《みつ》で、スパイシーなオーク肉との相性《あいしょう》は最悪だった。

「……ああ」

「タケルさんもテラテラの美味しさがわかりますか⁉　フローノアの女の子の間で最近話題なんですよ！」

シフォンは嬉《うれ》しそうに教えてくれたが、これが美味しいなんて……やばいぞ。

まさか、今時の女の子はこんな味を好むのか……？

「ま、まあいい。早く食べ終わってくれ……。色々と話したいこともあるしな……」

幸い無臭《むしゅう》なので良かったが、俺の味覚を破壊《はかい》するには十分なものだった。

幸せそうに食べ続けている二人には悪いが、次に食べる時は口の中に入れた瞬間に吐《は》いてしまうだろう。

それくらい不味かったのだ……。

俺はお菓子という名のゲテモノを食べ終えた二人を適当な石の上に座らせ、早々に話を切り出した。

「明日からダンジョンに潜《もぐ》るわけだが、何か聞きたいことはあるか？」

周囲は五メートル先も見ることのできない漆黒《しっこく》の闇《やみ》。

俺たちは中央に組まれた焚《た》き火《び》の灯《あか》りを囲うようにして夜を過ごす。

「えーと。ダンジョンって暗いの？　それとモンスターは結構出るの？」

アンが考える素振《そぶ》りをしながら聞いてきた。

「俺が今まで行ったダンジョンは外ほどではないがそこそこ明るかったな。そしてモンスターも普通に現れる」

「ふーん」

「なんか不安になってきました」

アンとシフォンが適当な相槌《あいづち》を打った。

「それに、ダンジョンというのは簡単に言えば地下にある入り組んだ大空間だ。道幅《みちはば》も広いし天井も高い」

モンスターの不意打ちで命《いのち》を落とした冒険者《ぼうけんしゃ》の話も聞いたことがあるので、それなりの注意が必要だろう。

「ダンジョンは誰が造っているんですか？　自然にできるものなんですか？」

「それはまだわかっていないんだ。魔王《まおう》の仕業《しわざ》というのも聞いたことはあるが、実際のところは分からないな」

とある魔法を使える冒険者が世界を周りながら至る所に造っているなど、その他にも多くの仮説が立ってはいるが、謎に包まれたままだ。

さらに言えば、攻略《こうりゃく》されると人知れず消えてしまうものや、再度訪れた時には姿を変えているものまで確認《かくにん》されているので、ダンジョンについて深く知る者を、少なくとも俺は知らない。

「そういえば、他の人たちは来てないんだね」

アンの言葉にシフォンは周りを見渡《みわた》していた。

「ギルドでうろついてたルークに出発前に聞いた話だが、Dランク試験をパーティーで受ける冒険者はほとんどいないらしい。だから今回ダンジョンを探索《たんさく》するのは、おそらく俺たちだけだろう」

パーティーでの夜営に加えて、ダンジョン攻略もあるので、クエストとして見ると若干《じゃっかん》厳しい内容となっている。そのため、受ける人は少ないのだろう。

「それなら、ゆっくり探索できそうですね！」

「まあ、他の冒険者パーティーに気を遣《つか》う必要がないから楽と言えば楽だな」

かと言って油断して良いわけではないが。

「そういえば夜営の見張りはどうするんですか？」

シフォンが小さな口であくびを噛み殺しながら聞いてきた。

「二人が寝《ね》ている時間は俺が見張りをしているから大丈夫だ」

「タケルさんは寝なくていいんですか？」

「気にするな」

夜営、ダンジョン、小遠征、全《すべ》てが初めての二人に初日から長時間の見張りをさせるのは酷《こく》だろう。

「本当にいいんですか？」

「ああ。明日は二人が中心になって戦ってもらうからな。騒《さわ》がないですぐに寝ろよ？」

ギルドが公式にDランク試験としているので、難しいとはいってもその範疇《はんちゅう》には収まる難易度なのだろう。

できれば二人で攻略してほしい限りだ。

「ふ、二人だけですか……！」

焚き火の灯りしかなく周囲は薄暗いが、シフォンが驚《おどろ》いているのは伝わった。

「いざとなったらすぐに助けるから心配しなくていい。アンは――あぁ、もう寝てるな」

　途中からあまりにも静かすぎるアンの方を見たが、アンはゆらゆらと揺《ゆ》れながら石の上で器用に眠《ねむ》っていた。

「アン。寝るならテントに行け」

　俺が声をかけ、シフォンが肩を軽く叩く。

「……ぅん。ぉやすみ」

「おやすみ」

　アンに罪悪感は存在しないのか、覚束《おぼつか》ない足取りでテントに直行した。

「……行っちゃいましたね」

　シフォンは手のかかる妹でも見るように小さく微笑《ほほえ》んでいた。

　アンの方が歳上《としうえ》のはずだが精神年齢《ねんれい》は違うようだな。

「シフォンも寝ていいぞ？」

　二人には明日に備えてゆっくり眠ってほしかった。

「いえ、あまりタケルさんと二人だけの時間ってありませんし、少しだけお話ししませんか？」

　そう言われてみれば二人で話したことはあまりなかった気がする。

「いいぞ」

「では……タケルさんはなんで僕たちと冒険してくれるのですか？」

　シフォンは真剣《しんけん》な表情で聞いてきたが、かなり難しい質問だ。

　どうして……か。

「……俺がそうしたいからだ。どうしてだ？」

「だって、タケルさん一人だけならすぐに上のランクにいけますよね？」

シフォンは俺の刀を一瞥してから言葉を紡《つむ》いだ。

「確かにな。最初は安易な気持ちでパーティーを組んだんだ……。けど、最近は昔に戻った気がして楽しいなって思えてきたんだよ。それだけだ」

自分が女々《めめ》しい性格だってことはよく分かっている。

だからこそ、いつまでも過去のしがらみに囚《とら》われているわけにもいかない。

そろそろ前に進む時なのかもしれない。

「昔、ですか？」

シフォンは深く聞くべきか迷っているのだろう。曖昧《あいまい》な聞き方をしてきた。

「まあな。それより、シフォンの方こそ良かったのか？　こんな零細《れいさい》パーティーなんかに入って」

俺は小さくなった焚き火に薪を足しながら言った。

「いえ、むしろ僕なんかをパーティーに入れてくれて感謝しています。それに、タケルさんとアンがいれば、なんでもできる気がするんです」

石に腰《こし》を下ろして三角座りをしているシフォンは、屈託《くったく》のない笑《え》みを浮かべた。

「……そうか。もう遅《おそ》い時間だし、話はまた今度にしよう。先に寝ていいぞ」

その言葉に少しだけ照れくさくなった俺は、感情をごまかすように満天の星を眺めた。

「わかりました……おやすみなさい」

シフォンは先に寝て良いのかと申し訳なさそうな表情を浮かべながら、アンが寝ているテントの中に入っていった。

今回は金銭面の都合もあり、テントは中サイズのものを一つしか買えなかったので、心配してくれるのはありがたいことだが、テントは二人でいっぱいなので誰か一人は見張りをしなければならないのだが。

まあ、結局、サイズに関係なく見張りは必要なのだ。

「……はぁ。これが終わったら、二人には本当のことを伝えないとな……」

俺は火を確認しつつ周囲を警戒《けいかい》し、モンスターの夜襲《やしゅう》に備えながら一晩を明かしたのだった。


時間が経《た》つにつれて月の主張が弱くなり、山の向こうからは太陽が顔を出した。

俺はそんな時間に二人を起こし、ダンジョンに行くための準備を調え始めた。

「あぁー！　よく寝たぁって……あれ？　いつの間にテントにいたんだろ？」

アンが大きな欠伸《あくび》をしながら、のそのそとテントから這《は》い出てきた。

どうやら、アンは話の途中で眠ってしまったことを覚えていないようだ。

「アンは寝相《ねぞう》が悪すぎます！　何回も僕のお腹《なか》を蹴《け》り飛ばしましたよね⁉」

シフォンはテントから出てくるなり、朝日を浴びながらのびのびとしているアンに向かって激昂《げっこう》していた。

「んー？　わかんない！」

「せっかくお肉の海に溺《おぼ》れる夢を見ていたのに、途中で目が覚めてしまいました！　どう責任をとってくれるのですか！」

アンは全く記憶《きおく》にない様子だが、シフォンは頬《ほお》をぷっくりと膨《ふく》らませながら、怒《いか》りを露《あら》わにしていた。

「二人とも喧嘩《けんか》はやめろ。食事を済ませたらすぐに出発するぞ」

お肉の海とかなんとかは意味不明だが、取り敢《あ》えず無意味な喧嘩はすぐにやめさせた。

「で、でも……お肉が！」

「帰ってからたくさん食べさせてやるから、今は諦《あきら》めろ。いいな？」

「……はい」

懐が寂《さび》しくなってしまうが仕方がない。


その後は昨日の残りのパンやスープ、オーク肉をそれぞれに分配し朝食の時間になったのだが、二人の様子がどこかおかしかった。

「……二人とも緊張《きんちょう》しているのか？」

二人はフォークを持つ手が止まっており、あまり食事が進んでいなかった。

「う、うん」

アンの一言にシフォンもこくこくと頷《うなず》いていた。

「緊張するのは悪いことじゃない。それに、危ない時は俺が助けに入るから安心しろ」

俺は優しく語りかけるように言ったが、反応は芳《かんば》しくない。

「……はい」

シフォンはどこか浮かない顔だった。

「どうかしたか？」

「やっぱり少し不安で……い、いえ、なんでもありません！　僕達だけで頑張《がんば》ります！」

「うん！　私達だけで頑張るね！」

二人は何かを確認するように目を合わせて首を縦に振っていた。

よくわからないが、やる気は十分なようだ。

「なら、とっとと食べて出発するぞ」

二人は調子を取り戻したのかバクバクと食べ進めていき、あっという間に皿の上を空にしたのだった。


夜営をしていた地点から数キロほど歩いていくと、ただの薄汚《うすぎたな》い洞穴《ほらあな》と比較《ひかく》してあらゆる点で異《い》彩《さい》を放っている不思議な穴が見えてきた。

これこそがダンジョンだ。

入り口は苔《こけ》の生えた長方形の石を積み上げて出来ており、中に入ると一歩目から下りの階段が設けられている。

そして、そこを下りきると同時に大空間が眼前に広がり、ダンジョンの探索が始まるのだ。

「二人の荷物は俺が持とう。今回はどのルートで探索するのかも二人に任せる」

俺は階段に足を踏《ふ》み入れる前に二人から小さな肩掛けの鞄を預かり、緊張した面持《おもも》ちの二人に探索を一任した。

「シフォン。行こう」

「はい！」

アンは自身の剣帯を度々触《たびたびさわ》り、シフォンは杖《つえ》を両手で強く握《にぎ》っていた。

二人は平静を装ってはいるものの、いつもよりも呼吸が速いことから緊張していることが窺《うかが》える。

ゆっくりと薄暗い階段を下り始めてから十分ほど経過した頃。

階段の終わりを指し示すように、目の前から淡《あわ》い光が差し込んできた。

「タケルさん……。これが、ダンジョン？」

アンは硬い口調ではあったが、その言葉には確かな驚きを秘めていた。

シフォンもしきりに辺りを見渡しており、どこか落ち着かない様子だった。

「そうだ。これは小規模ってところか」

階段が三メートルほどの幅《はば》だったのに対し、このダンジョンは小さめなので、直径十メートルほどの円形の広間に二手に分かれた道があるだけだった。

その先のもっと奥に続く道がある可能性もあるが、見たところそこまでの大きさはなさそうだ。

「……小規模ですか」

さらに、十メートルほどの高さの天井からは外よりもやや暗い光が差し込み、壁《かべ》や床《ゆか》は丁寧《ていねい》な石造りになっている。

「ああ。かなり小さいな」

見たところ特になんの違和感《いわ》もないダンジョンなので、油断さえしなければ、アンの剣とシフォンの雷槍《サンダースピア》でなんとかなるだろう。

「じゃあ、最初は右から行く？」

「はい。そうしましょう」

大小の異なる二つの分かれ道があったが、まずは小さめの右の道から行くようだ。

「この鎧《よろい》はなんだろうね」

道幅が三メートルほどの蛇行《だこう》した道を進んで行くと、左右の壁に一体ずつ埋《う》め込まれている黒褐《かっ》色《しょく》のプレートアーマーを発見した。

「飾《かざ》りだと思いますよ？　でも、こういうのがあると雰囲気《ふんいき》が出ますよね！」

アンとシフォンは鎧を叩いてコンコンと音を鳴らして遊んでいたが、俺はこの時点でこれから先で何が起きるのかを察していた。

「あっ！　なんかボタンみたいなのがあるよ！」

この道はあっさり行き止まりになってしまったが、最奥には綻《ほころ》びた石の台座があり、その上には指で簡単に押《お》し込めそうなボタンが一つだけあった。

「ア、アン？　そういうのは無闇矢鱈《むやみやたら》に――」

「――えいっ！」

シフォンの静止も虚《むな》しく、アンはあっさりとボタンを押した。

「……はぁ」

俺はついため息が漏《も》れてしまった。

こういうのは何かあってからでは遅いので、手を出さないのが吉《きち》だ。というより常識だ。

「あれ？　何も起きないよ？」

アンはちょっとがっかりした様子で言ったが、高難度のダンジョンだとこれだけで命を落とす危険性があるので、アンには後で注意が必要だろう。

「よ、良かったです。気を取り直して次の道に行きましょう！」

ホッとしたような表情のシフォンが言った。

「……油断はするなよ」

俺は二人の身の危険を案じて簡単な注意を促《うなが》した。

まだまだ気を抜《ぬ》くには早いのだ。

その証拠《しょうこ》に、耳を澄《す》ますと鉄を擦《こす》り合わせるような甲高《かんだか》い音が聞こえてくるのが分かる。

「……えっ⁉　何か来ます！」

いち早く気付いたシフォンは、先へ進もうとするアンの腕《うで》を掴《つか》んだ。

「……あれって……さっき見た鎧⁉」

二人は蛇行する道の先から現れた見覚えのある鎧を見て疑問の声を上げた。

出口へ向かう俺たちの目の前からゆっくりと歩いてきたのは、ダンジョンにしか現れないモンスター【鎧の番人】だった。

鎧の番人は光沢感《こうたくかん》のある黒褐色のプレートアーマーと長剣を装備しており、ある特性を持つことから不死身のモンスターと言われている。

戦闘力《せんとうりょく》だけをランクに換算《かんざん》するならEランク程度だろうが、その特性を踏まえればDランク以上でもおかしくはない。

さらに、今回は二体同時に出現したので、少し厄介《やっかい》なことになりそうだ。

「シフォンは左をお願い！」

アンは鎧の番人の佇《たたず》まいを見て大体の力量がわかったのか、早々に抜剣《ばっけん》すると、シフォンの返事を聞く前に間合いを詰めていた。

「……っ！　やった！」

アンは純粋《じゅんすい》な剣技で鎧の番人の脆弱《ぜいじゃく》な手足の関節部分を吹《ふ》き飛ばし、喜びの声を上げた。

これで二体のうちの一体を戦闘《せんとう》不能に追いやった。

「雷槍《サンダースピア》！」

シフォンもアンに続いて、残ったもう一体の鎧の番人に瞬時に杖を構えると、中威力《いりょく》の雷槍《サンダースピア》を撃《う》ち込んだ。

二体の鎧の番人は、二人の攻撃《こうげき》をまともに喰《く》らったせいで、手足や首、胴体《どうたい》などの部位ごとにバラバラになり、無残に地面に散らばっていた。

「やりましたね！」

「うん。でも、手応《てごた》えはあまり感じなかったね」

アンとシフォンは軽い足取りでバラバラになった鎧の番人の横を通り過ぎていったが、まだ勝負はついていない。

「……ギギッ……」

鎧の番人は鉄が軋《きし》む音を鳴らしながら、呑気に歩く二人の後ろで、ゆっくりと、それでいて静かに元の形を取り戻していった。

これこそが鎧の番人の特性【再生】だ。

鎧の番人は胴体にある核《かく》と呼ばれる部分を破壊するまでは何度倒しても再生することから、騎士《きし》のような見た目だがアンデッドの一種だと言われている。

「縮地！」

二人は背後から長剣を振りかざす鎧の番人たちに気付くことはなかったので、俺は二体の鎧の番人の核を斬《き》るようにして、縦に真っ二つにした。

「「……え？」」

二人は鎧の番人だったものが背後で生を失いバラバラと崩《くず》れ落ちる音を聞いて振り返ると同時に、本当に驚いたという声を出した。

「最後まで油断はするな。こいつを倒すときは胴体に隠《かく》された核を破壊するしかないんだ。この先も現れる可能性はあるから頭に入れておいてくれ。あと、ボタンは無闇《むやみ》に押すな」

実力を過信し油断することは死を招く。

二人には死んでほしくないので、少し語気が強くなってしまった。

「また、助けられちゃいました……」

「……助けられてばっかり」

シフォンは少し落ち込んだ様子で俯き、アンは納得のいかない様子だった。

「それよりもこれを見てくれ」

俺は絶命した鎧の番人を指差した。

「えぇ!? 灰になった……!」

「な、なんですか、これ!?」

二人は一様に驚きの反応を見せていた。

「ダンジョンのモンスターを倒すと絶命してから数秒後には灰になるんだ。まあ、覚える必要はないが豆知識だ。さあ、先に進むぞ」

俺たちは気を取り直して、左の道に足を踏み入れたのだった。


分かれ道を左に進み始めてから五分ほど時間が経過したが、先ほどの鎧の番人以降は特にモンスターが現れることもなく、ダンジョンの奥へ向かっていた。

「タケルさん。ダンジョンってこんな感じが普通なの？」

モンスターもおらず、道も単純。

今のところは、あまりにも順調すぎるダンジョン探索になっている。

「……普通はもっと苦戦するはずだ」

もしかすると、このダンジョンの普通がこうなのかもしれない。

このDランク試験における最重要事項はパーティーでの遠征であり、ダンジョン探索はただのおまけという可能性もある。

Dランク試験の度に行き尽《つ》くされたダンジョンのはずなので、これがギルドの思惑《おもわく》なのかもしれない。

「そうなの？　全然戦い足りないなー」

「僕もです。最奥のフロアにモンスターは出たりするんですか？」

俺の前を歩くシフォンは、こちらに軽く体を向けながら聞いてきた。

「ああ。最奥のフロアにはそのダンジョンに応じた強力なボスモンスターが現れることがある。ただ、俺も今まで一回しか遭遇したことがないから、あまり期待はできないな」

俺がボスモンスターに遭遇したのは、Cランクの頃に訪《おとず》れた隣国《りんごく》のダンジョンでたったの一回だけだ。

数え切れないくらいダンジョンに潜ってこの結果なので、相当確率が低いはずだ。

「そうなんだ……。これで終わりってなんかモヤモヤするね」

「全てタケルさんに任せっきりで達成感がないです」

同時に二人が小さなため息を吐《つ》いたその時だった。

「……!?　この揺れは……。下からか？」

地面は轟音《ごうおん》とともに大きく揺れた。

「な、なんですか——ってタケルさん⁉」

アンとシフォンは小さな体で恐怖《きょうふ》を分かち合うように抱《だ》き合っていた。

「ついてこい！　この先に多分階段があるはずだ！」

ダンジョンでこんな揺れを経験するのは初めてだったが、最奥のフロアにさえ行けば答えが出るはずだ。

「わ、わかった！　シフォン、走るよ！」

俺は二人が走り出したことが足音で分かったので、スピードを上げて、道なりに走っていった。

「タ、タケルさん？　いきなりどうしたんですか？」

俺が目的の場所に到着《とうちゃく》してから数十秒後に、軽く息を切らした二人が追いついた。

「これを見ろ」

「……？　これはさらに下に行けるってこと？」

早くも呼吸が落ち着いてきたアンが聞いてきた。

目の前には遥《はる》か深くまで続いていそうなほど、先の見えない階段が延《の》びていた。

「そうだな、今日は運が良い。こんなことは初めてだ」

「さっきの揺れと関係があるんですか？」

「この先に行けばきっとわかる」

俺は二人を先導するようにゆっくりと階段を下りていった。

「……この先になにが……？」

「え？　え？　なになに？」

アンが俺の顔を覗《のぞ》き込むようにして顔に疑問符《ぎもんふ》を浮かべていた。

「ほら、見えてきたぞ。これは凄《すご》いな」

「わっ！　外かと思うくらい明るいですね！」

「それに地面が石から草になってるよ！」

階段を下りた先には異質な空間が広がっていた。

壁は上の階と同じく石造りなのだが、地面には草が生《お》い茂《しげ》っており、天井は二十メートルはあろうかという高さがあった。

それでいて外と同程度の明るさがあり、綺麗《きれい》な円形のフロアの中には、一見モンスターらしき姿は見当たらなかった。

「おそらく、ここが最奥のフロアだろう。そして、さっきの揺れの原因はあれだ」

俺はフロアの中央を指差した。

「あの真ん中に咲いてる紫色《むらさきいろ》の……花？　植物？」

「確かに怪《あや》しいですけど……あれはなんですかね？」

このフロアの中央に生えているのは、二メートルほどの紫色をした植物だった。

その植物は天井に向かって真《ま》っ直《す》ぐ伸びており、毒々しい紫の体色は緑色の草原の中で異彩を放っていた。

「仮にここで戦闘が始まるのなら二人だけで戦うか？」

二人は訳がわからないというような表情だったが、迷いなく首を縦に振った。

「そうか。シフォンがあの植物に雷槍《サンダースピア》を撃った瞬間から戦闘開始だ」

俺の予想が正しければ、あれは植物形のモンスターだ。

茎《くき》の先端《せんたん》の蕾《つぼみ》のような部分はこちらの姿を確認するように小さく動いており、ほんの僅かにだが地面の揺れも感じる。

「よ、よくわかりませんが、雷槍《サンダースピア》！」

シフォンは言われるがままといった感じで植物の真上から雷槍《サンダースピア》を発動させ、そのまま垂直に突き刺した。

「なっ、なにあれ⁉　なんか伸びてきたよ⁉」

「モンスター……ですか？」

シフォンの雷槍《サンダースピア》が直撃すると同時に地面は小さく横に揺れ始め、そいつは地面を掻《か》き分けるようにしてゆっくりと姿を現した。

「プラントワームか……」

プラントワームは以前討伐したメルトマンドラゴラの上位のモンスターだ。

メルトマンドラゴラとは違い、根元から伸びる柔軟《じゅうなん》かつ自在なツルを用いて、捕《と》らえた者を自身の養分にする凶悪《きょうあく》かつ残忍《ざんにん》なモンスターだ。

「お、おっきい……」

アンが驚くのも当然のことだった。それは俺たち三人の首が痛くなるくらいに見上げるようなサイズであり、十メートル以上はあるだろう紫色に染まった禍々《まがまが》しい体躯《たいく》は、見る者全てを威圧《いあつ》する。

「なんなんですか……このモンスター……っ！」

「アン、シフォン。一つだけ注意だ、絶対に捕《つか》まるな」

アンとシフォンの力では一度捕まってしまえば逃《に》げるのは難しいだろう。

俺は荷物を全て置き、戦いの行く末を見守ることにした。

さあ、相手はDランク級のダンジョンのボスモンスターだ。

二人はどう戦うだろうか。

◆◆◆◆

先に仕掛けたのはアンとシフォンの方だった。

アンはシフォンとアイコンタクトを交《か》わすと同時に、プラントワームに対して右回りに走り出した。

抜剣もせずに走り出したので、おそらく陽動でもするつもりなのだろう。

かくいうプラントワームは、走るアンのことを捕らえようと、無数のツルを伸ばした。

「シフォン！　まだぁー!?」

やはり陽動で正解だったようだ。

アンはプラントワームの迫《せま》りくるツルを躱《かわ》しながら声を張り上げた。

「……撃ちます！　雷槍《サンダースピア》！」

シフォンはアンの陽動のおかげで極限まで魔力を練り上げることができたのか、俺がこれまでに見たことのない威力の雷槍《サンダースピア》を、プラントワームの巨大な葉に目掛けて撃ち込んだ。

「————っ！」

シフォンの雷槍《サンダースピア》によりプラントワームは声にならない声を上げ、三対ある紫色の葉はぷすぷすと焼け焦《こ》げていた。

「——シフォン！　サポートをお願い！」

「わかりました！」

当然のことだが、二人はプラントワームの事情なんてものはお構いなしに、間髪《かんはつ》を容《い》れることなく攻撃を開始した。

痛みで悶《もだ》え暴れることで予測不可能な動きをしているプラントワームのツルをすり抜けながら、アンは着実に距離《きょり》を詰めていく。

シフォンはアンのサポート役に徹《てっ》しており、小威力の雷槍《サンダースピア》をアンに迫るツルに向かって連続で撃ち込むことで、アンの回避《かいひ》行動の手助けをしていた。

アンは眼前にプラントワームの姿がある中、鋭利《えいり》なツルの叩《はた》きつけを小さな動きで回避すると、そのツルを踏み台にして大きく跳躍《ちょうやく》した。

アンはプラントワームよりも高く、十二メートルほどの位置にまで跳躍していた。

「――っ！　戦翔斬《せんしょうざん》！」

アンは滞空《たいくう》中にスキルを発動させ、上空から重力に任せて剣を振り下ろすことで一刀両断を試みた。

しかし、アンの剣はプラントワームの頭頂部に僅かな切り込みを入れるに留《とど》まった。

「えーっ⁉」

アンは予想外だったのか、大きな驚きの声を上げた。

途中までは斬り込んでいったが、そこから剣が進まなくなったように見えた。

何か硬《かた》い層にでも当たったたような感じだろうか。

「――キシャアァ！」

プラントワームは葉を雷槍《サンダースピア》で焦がされた時よりも大きな叫《さけ》び声を上げた。

「アン！　一旦《いったん》距離を取ってください！」

その場に留まることが危険だと察知したシフォンの言葉に、アンはプラントワームを蹴ることですぐさま大きく距離を取り、体勢を整えた。

「この防御力《ぼうぎょりょく》の高さを考えると攻撃の手段が限られてくるな……」

無理やり剣技で斬り裂《さ》くか、それともシフォンの初撃のような雷槍《サンダースピア》を撃ち続けるか。

「どう攻《せ》めたらいいかな？」

アンは目の前でゆらゆらと蠢《うごめ》くプラントワームを見据《みす》えながら言った。

「……頭を狙《ねら》いませんか？　アンがダメージを与《あた》えたので、多少は攻撃が通りやすいはずです！」

いい判断だ。

雷槍《サンダースピア》で根元の葉にダメージは与えたが致命傷《ちめいしよう》という感じではなかったので、別のところから攻めるべきだろう。

どちらにせよ、苦戦を強《し》いられることが予想される。

俺の出る幕がないことを祈《いの》る。


俺の前にはアンとシフォンが立ち、自分達だけで勝つとでも言いたげな強気な背中を見せてはいるが、二人は大きく肩を上下させながら息をしていた。

「――っ！　はぁはぁ……」

プラントワームは鋭利なツルや天高く伸びる茎、もとい頭を自在に操りながら、じわじわと二人の体力を奪《うば》っていった。

だが二人も負けておらず、手数の多さや体格の差を覆《くつがえ》す俊敏《しゆんびん》な動きで、目的としていた頭頂部へのダメージを着実に与えていき、プラントワームの頭頂部は斬り傷と雷槍《サンダースピア》によって茶黒く染まっていた。

「……ふぅ……。シフォン。あと何回撃てる？」

アンが呼吸を整えてシフォンに問うたが、シフォンからは中々答えが返ってこない。

「………おそらく、中威力のを一回だけです」

シフォンは長い沈黙《ちんもく》を挟み、弱々しい声色《こわいろ》で答えた。

その間、プラントワームも警戒しているのか、二人と睨《にら》み合うような形でジッと対峙《たいじ》していた。

「——じゃあ、次で最後だね！」

一進一退の攻防《こうぼう》もいよいよ終わりを告げようとしていた。

アンは剣を両手でしっかりと構え、シフォンに目配せをした。

「……はい！　いきましょう！」

アンはシフォンの掛け声と同時にプラントワームに向かって強く地面を蹴った。

右へ左へ、縦横無尽《じゅうおうむじん》に繰《く》り出されるプラントワームの鋭利なツルを躱しながら少しずつ前進していく。

シフォンはアンの対応だけで手がいっぱいになっているプラントワームの姿を静かに見据えていた。

「シフォン！　丁度いいタイミングでお願い！」

「わかりました！」

シフォンはアンの叫びに応《こた》えるように、最後に残された魔力を練り上げ始めた。

アンはその間に、接近された焦《あせ》りからか激しく暴れ回るプラントワームの体を上手《うま》く蹴り上がっていき、あっという間に頭頂部に到達《とうたつ》した。

一体何をする気だ？　斬撃だけだと深い傷は負わせられないはずだが……。

「おっとっと」

アンは頭頂部でバランスをとりながら、何かが起きるのを待っているようだった。

「――キシャァァァァッ！」

プラントワームは頭頂部に乗られたことで怒り狂《くる》った声を上げ、鋭利なツルをアンの視界の外、頭上から突き刺そうとしていた。

「アン！　死ぬぞ！」

俺は二人が何をしたいのかが全く読めなかったので、目一杯声を張った。しかし、アンはその場を動こうとはしなかった。

ここで予想外のことが起きた。

「おい、何をし――ッ⁉」

アンは鋭利なツルとの距離が残り一メートルというところで横に小さなステップを踏み、攻撃を回避したのだ。

「キシャァァァァ！」

当然、プラントワームは不意打ちを狙っていたはずなので、アンの突然《とつぜん》の動きに対応することができず、勢いそのままに自分の頭に鋭利なツルを突き刺すことになった。

「シフォン、お願い！」

アンはそれと同時に高く飛び上がり、シフォンに合図を出した。

「雷槍《サンダースピア》！」

シフォンは魔力が枯渇《こかつ》する寸前の体に鞭《むち》を打ち、ツルが突き刺さったままのプラントワームの頭頂部に雷槍《サンダースピア》を放った。

「いくよっ！　戦翔斬《せんしょうざん》！」

雷槍《サンダースピア》の直撃を確認したアンは上空で縦にクルリと回ると、腕が取れてしまいそうなくらいの勢いで剣を振った。

「キシャァァッ……ァァ――」

アンの剣はプラントワームの頭頂部を真っ二つにするように斬り裂いた。

プラントワームは頭頂部から紫色の血飛沫《ちしぶき》を撒《ま》き散らしながら、フロア中に甲高い断末魔《だんまつま》を響かせると、力なく崩れ落ちた。

「……すごいな」

俺は素直に感嘆《かんたん》した。

二人には悪いが、咄嗟《とっさ》の意思疎通《そつう》でここまでの戦いができるなんて思っていなかった。

「――シフォン！　危ない！」

剣をプラントワームから抜き、いち早く離脱《りだつ》したアンが危険を知らせた。

シフォンは魔力の枯渇が原因でその場を動けなかったようで、倒れるプラントワームの巨体の下《した》敷《じ》きになりそうになっていた。

「っ！　縮地！」

俺は縮地を用いて高速で移動すると、押しつぶされるギリギリのところでシフォンを抱きかかえ、

その場から離《はな》れることに成功した。

「シフォン？　大丈夫か⁉」

「……あ、ぁ。だ、大丈夫……です」

シフォンは全身の力が完全に抜けてしまっていたが、息を荒《あら》らげながら言葉を紡いだ。

「良かった……」

何はともあれ、討伐は成功だ……。


「お疲れ」

俺はシフォンを抱えたまま石造りの壁に寄り掛かっているアンのところへ行き、その隣にシフォンをゆっくりと下ろした。

「……疲れたぁぁ！」

アンは先の戦いによって、見るからに疲労困憊《こんぱい》の状態になっていた。

「疲れました……。フラフラします」

シフォンは完全に魔力が枯渇しているのか、顔は赤らんでおり目の焦点《しょうてん》が定まっていなかった。

「モンスターの気配はないから、しばらくここで休むか？」

「そうしてもらえるとありがたいかな」

アンからは返事があったが、シフォンは喋《しゃべ》る気力もないようで、ボーッと虚空《こくう》を見つめていた。

「なんであの作戦を思いついたんだ？」

俺にはプラントワーム自身が持つ鋭利なツルを逆手に取るなんて作戦は思いつかなかった。

「必死だったから、あんまり考えてないかな。シフォンの目を見て頷きはしたけど、多分お互《たが》い全然わかってなかったしね！」

戦闘の緊迫《きんぱく》感から解《と》き放たれたからか、アンは朗《ほが》らかに笑っていた。

戦闘の中で、よくあそこまで連携《れんけい》が取れたものだ。

「そうだったのか。シフォン、体調はどうだ？」

「……あ、脱力《だつりょく》感が少しだけあります……」

シフォンは俺が突然声をかけたことで肩をビクッと跳ねさせた。

「わかった。俺は内壁の回収をしてるから、なんかあったら声をかけてくれ」

Dランク試験完了の証明として、このフロアの内壁を回収しなければならないのだ。

俺は壁にもたれる二人から少し離れた位置で刀の柄《つか》を使って内壁を破壊し、懐に入れていた麻袋《あさぶくろ》の中にパラパラと納めていく。

「……」

その作業を無言でやっていて思ったのだが、これがダンジョンの最奥のフロアの内壁だという判断はどのようにするのだろうか。

どう見ても亜麻色《あまいろ》をした普通の石の壁にしか見えない。

鑑定《かんてい》魔法を使えば可能だろうが、そんな希少な魔法を使える人材なんてフローノアにいないはずだしな。

「……よし」

まあ、そんなことはギルドに任せるから関係ないか。

適当なことを考えながらも適当な量の内壁の破片が取れたので、俺は麻袋を懐にしまってから二人のもとへ戻った。

「疲れたねー」

「はい。まだドキドキしてます」

「もう大丈夫そうか？」

二人は俺が戻るころには談笑していたので、体力はある程度回復したように思える。

「私は大丈夫だよ！」

「僕も多分、大丈夫です！」

二人はゆっくりと立ち上がりながら元気な返事をした。

「じゃあ外に出よう。今の時間は分からないが、なるべく早く街に帰りたいからな」

物資や精神面の問題もあるので、事が済んだら早々に街へ帰ったほうがいいだろう。

俺たちはやや離れた位置に置いたままだった荷物を回収してから、果てしなく長い階段を上り、無事に外へ出たのだった。

◆　◆　◆　◆

どうやら半日以上もダンジョンの中にいたようで、外は既《すで》に薄暗くなっていた。

「とっとと準備をしよう。やり方は覚えてるか？」

「……多分」

「……」

アンは自信なさげに答え、シフォンはフッと目を逸《そ》らした。

これはダメなパターンだな。

「完全に暗くなるまでに手際《てぎわ》よく教えるから、しっかりと覚えてくれ。まずは――」

俺は昨日教えたことをなぞるようにして二人に教えていった。

「……飯にするか？　今日は疲れてるだろうし、また今度教えることにする」

しかし二人の反応はあまり芳しくなかったので、今日のところは諦めることにした。

「やったー！　まずは乾《かわ》いた木を重ねていって、火打石《ひうちいし》と短剣を擦り合わせて――火がついた！」

「そして、余ったオーク肉とパンを火の上で炙《あぶ》っていきます！　パンの上にオーク肉を盛り付けて完成です！」

おいおい。テント張りとか見張りのことは全く覚えなかったくせに、なんで食事の準備だけ完璧《かんぺき》に覚えてるんだよ。

「はぁ……」

俺は無意識に大きなため息をついてしまった。

しかし、二人はそんな中でも幸せな表情を浮かべながら、パンとオーク肉を口一杯に頬張《ほおば》っていた。

「タケルさん？　どうしたんですか？」

「なんでもない……」

なんでもない、なんでもない、と自分に言い聞かせながら、俺はパンとオーク肉を口に運んだ。

うん。美味い。

はぁ……。前途多難《ぜんとたなん》だ。


食事が終わったことで二人がテラテラを食べ始めるかと思ったが、どうやら昨日のあの時間だけで全てのテラテラを食べ切ってしまったようで、二人は手持ち無沙汰《ぶさた》な様子だった。

「まだ寝る時間でもなさそうだし、やることもないね」

アンは退屈《たいくつ》そうに言った。

「我慢するしかない。夜営は暇《ひま》なほうがいいからな」

暇ということは問題がないということだ。

そこをプラスに考えることができれば、何とか乗り切れる……はずだ。

なんだかんだ言って暇なのが一番辛《つら》いのだが。

「あっ！」

「シフォン？　どうしたの？」

突然シフォンは思い出したような調子で声を上げた。

「……タケルさんの昔の話を聞かせてほしいです。どうですか？」

シフォンはおずおずといった感じで聞いてきた。

「私も聞きたい！」

アンも気になっている様子だ。

「……わかった」

俺はついにこの時が来たかと、ドクドクと脈打つ心臓の鼓動《こどう》を感じながら覚悟を決めた。

いつか二人には本当のことを話さなければいけない。

しかし、不安な気持ちはもちろんあるが、二人に真実を告げないのは、二人の信頼《しんらい》を裏切ってしまうので、俺は覚悟を決めた。

「……あれは、俺がまだ十六の時だ。俺は三人の仲間とあるパーティーを組んだんだ。パーティー名は――」

「――『漣』ですよね？」

「えっ!?」

シフォンが俺の言葉に被《かぶ》せるようにして言ったことで、アンは驚きの声を上げた。

「……知っていたのか？」

「前々から何かあるとは思っていましたが、タケルさんに抱えられた時に確信しました」

数秒間の沈黙が訪れた。

俺は空気がシンと静まり返ったなかで口を開いた。

「……そうだ。俺はシフォンの言う通り三年前まで『漣』にいた」

「……どうして抜けたんですか？」

シフォンは微《かす》かに声を震《ふる》わせながら聞いてきた。

「――俺は『漣』という環境《かんきょう》に甘《あま》えていたんだ。自分の実力に向き合うこともせずに努力を怠《おこた》った。

それが原因だ……」

四人の信頼関係があれば大丈夫だと、心のどこかで思っていたのだろう。

「実力に向き合うって、タケルさんって十分すぎるくらい強いよね？」

アンは至極《しごく》当然というような言い方をした。

「本当の俺は弱い。今の俺の実力があるのは女々しい自分から逃げた結果でしかないんだ」

もちろん努力が実を結んで強くはなったが、自分の根本的な弱さは変わらない。

「……タケルさんは、『漣』に戻る予定はありますか？」

シフォンは俺の目をジッと見据えながら聞いてきた。

俺はこれに関しては答えは決まっていた。

「ないな。もうあそこに俺の居場所はない」

追放や解雇《かいこ》、裏切りなど言い方は様々だろう。

俺とロイ達の間にできた溝《みぞ》はもう埋まることはないのだ。

「よ、よかったぁ……」

アンは胸に手を当てながら安堵《あんど》を含《ふく》んだ声を漏らした。

「すまなかった。二人に見限られるのが怖くて、今の今まで言葉にする勇気がなかったんだ」

俺は誠心誠意気持ちを伝えるために、二人に対して深く頭を下げた。

「……いいんです。僕たちはタケルさんにたくさん助けてもらいましたから！」

シフォンが満面の笑みを浮かべて答えた。

「……タケルさんは、復讐とか考えてたりするの？」

しかし、笑顔のシフォンとは対照的に、アンは俺の目をジッと見ながら悲しそうな声色で言葉を紡いだ。

「……俺から干渉することはないだろう」

「ほんと？」

「ああ」

「そっか……。ふふっ」

アンは軽く俯くと、小さく笑った。

「アン？　おかしくなったんですか？」

「……っもう！　嬉しいからだよ！　だって、これからも一緒《いっしょ》に冒険できるってことでしょ？」

アンはシフォンの言葉に勢いよく顔を上げると、嬉しそうに顔を輝かせ、声を弾《はず》ませた。

「いいのか？　俺は暴力的な犯罪者だと噂されている男だぞ。二人は怖くないのか？」

タケルという存在や顔が知られていなくても、代名詞として数多くの悪名が出回っているはずだ。普通の人なら怖くて仕方がないだろう。

「私たちはタケルさんがそんな人じゃないのは知ってるよ！」

アンが至って真剣な表情で気恥《きは》ずかしい言葉をサラッと口にすると、シフォンも自信ありげに力強く頷いた。

「……ありがとう」

俺は面と向かってそんなことを言われた経験がないので、目を逸らしてお礼の言葉を述べたのだが、すぐにアンとシフォンがニヤッと笑みを浮かべた。

「あー！　照れてる？　照れてるの⁉」

「タケルさんが恥《は》ずかしがってます！　初めてですよね⁉」

二人は勢いよく立ち上がると、俺のほうにじわじわと接近してきた。

「つるせぇ！　見張りは俺がやるから早く寝やがれ！」

「わぁっ！　おやすみー！」

「おやすみなさい！　タケルさん！」

俺はこれまでにないくらい語気を荒らげて、二人をテントに追いやった。

二人は慣れないことばかりで疲れているからな。

ゆっくり休んでくれ。

◆　◆　◆　◆

今は太陽が真上にある真っ昼間。

早朝に野営地を出発して、フローノアに到着するのは残り数十分といったところだ。

「帰り道って長く感じますよね」

「わかる。歩き始めてから結構経ったのに、まだまだ遠く感じるよね。なんでだろうね」

「行きと比べて景色の変化が少ないからだと思います！」

「あー、そういうこと！　確かに、一度見た道だもんね」

「はい！　もう少しの辛抱《しんぼう》です！」

俺を挟むようにして歩いている二人は、これといって内容のないことをここまで延々と語っていた。

結局のところ、そんな日常的な様子が落ち着くのだが。

「そういえば、報奨金は何に使うか決めた？」

アンが反対側を歩くシフォンに問うた。

「僕は杖を新調したいです！　タケルさんは決めましたか？」

シフォンは杖をブンブン振りながら俺に聞いてきた。

「……まあ、色々な。そういうアンは武器でも買うのか？」

俺は二人に買うお菓子と、諸々《もろもろ》の生活費で全部無くなりそうだ。

「私はこの剣しか使わないって決めてるから、買うとしたら新しい鎧かな？」

「その剣は買い替《か》える必要がないくらい相当な業物《わざもの》だもんな」

前々から思っていたが、アンの基本的な剣術に関しては、そこらのEランク冒険者とは思えないほどの長年の努力の成果を感じる。

「わかる⁉　お父さんからもらったんだよね」

アンは興奮した様子で言った。

「アンのお父さんって、どんな人なんですか？」

「今は王都で冒険者やってるよ！」

王都で冒険者か。

父親の年齢でそれができているということは、かなりの手練《てだ》れかもしれないな。

「凄いですね！　だから剣をもらえたんですね」

「うん！　あ、街が見えてきたよ！」

果てしない草原の先に薄らとフローノアの街が見えてきた。

「……やっとか」

流石《さすが》に二徹したのもあって疲労が蓄積しているので、早々に屋敷で休みたいものだ。

「受付さん！　Dランク試験が終わりました！」

アンはギルドに着くなり、真っ先に受付嬢に報告をした。

「おめでとうございます。では、完了の証明として最奥のフロアの内壁を頂けますか？」

受付嬢は小さく会釈《えしゃく》をすると、左手を差し出してきた。

「……どうぞ」

これがダンジョンの内壁かどうかは、鑑定スキルでもない限りわからないはずだが……。

「お預かりいたします。少々お待ちを……確認できました。Dランク試験は合格となりますので、本日から御《お》三方はDランク冒険者になります」

受付嬢が石のプレートの窪《くぼ》みに内壁の破片を少量入れると、石のプレートは淡い緑色の光を放った。

「なんですか、今のは……」

俺は訳がわからなかったので、咄嗟に質問をしてしまった。

「これは簡易的な鑑定が何度でも可能な魔導具です。数年前に試験的に導入されてから、今は実用化されています」

石のプレートの上にある手のひらサイズの窪みに入るものなら、簡単に鑑定できてしまう魔導具みたいだ。

しかも、何度でもか……。

「これって魔導具職人《マジッククリエイター》のセレナ・イリスさんが作ったんですよね？」

アンが石のプレートを眺めながら言ったが、俺はその名前を聞いたことがなかった。

「はい。セレナ・イリスさんは魔法の街シャルムに住んでいると噂の魔導具職人《マジッククリエイター》の方ですね。なぜかは知りませんが、年齢性別外見の全てが謎に包まれています」

全てが謎に包まれている……か。普通なら考えられないことだな。

「他に繰り返し使用できる魔導具は存在しますか？　それと、その魔導具を作れるのはその方だけでしょうか？」

俺が知っている魔導具というのは使い捨てだ。

何度でも使えるなんて聞いたことがない。

「繰り返し使用可能な魔導具は、この魔導具しかありません。そして、製作できるのは世界でセレナ・イリスさんのみですね」

「そうですか……。ありがとうございます。二人とも帰るぞ？」

今日はサクラがいないみたいなので、受付嬢に別れを告げて屋敷へ帰ることにした。

「うん。でもすごいよね。ああいうのを一から作る人って」

「そうですね。どんな人だと思いますか？　若い男性ですかね？」

街外れの屋敷へ続く整地された道。

二人は身振り手振りを使って楽しげに話していた。

「ううん。きっと人生経験が豊富なお爺《じい》ちゃんだよ！　私たちと同じくらいの年代で魔導具を作るなんて凄すぎるもん！」

「そうですよね。一度でいいから会ってみたいですね！」

シフォンはニコニコ笑いながら、まるで夢見る少女のように言った。

魔法使いのシフォンからしたら、ベクトルは違えどサラリーと同じような憧《あこが》れの対象なのだろう。

適当な雑談を交わしながら歩き続けること数十分。

「着いたぞ。話の続きは体を綺麗にしてからだ。先に入ってゆっくりと――って、もう行ったか」

「シフォン、二人で入ろ！」

「いいですよ！　川で水浴びしかしてないので、早くサッパリしたいです！」

二人は俺が言葉を言い切る前にドタドタと風呂場《ふろば》へ走っていったので、俺はリビングの椅子《いす》に座って、魔導具について考えることにした。

そもそも、魔導具は自身の魔法を道具に込めることで完成する。

一見、簡単そうだが、その作業には莫大《ばくだい》な魔力と研ぎ澄まされた魔法の練度が必要なので、単に魔法を唱えるよりも遥かに難しいと言われている。

ましてや魔導具は手間とコストの割には一度しか使用できない使い捨て仕様なので、何度でも使用できる先程《さきほど》見たような魔導具は革命的なものだと分かる。

それに、そんな魔導具を作ることができる時点で相当な魔法使いであることは確かだろう。

「……セレナ・イリス、か」

シャルムは魔導具職人《マジツククリエイター》と魔法使いの数が最も多い街として有名だが、それ以上のことはあまり知らないな。

ここ最近は休みなく活動を続けていたし、二人に休息を取ってもらうという意味でも、行ってみても良いかもしれない。

「それに、個人的にセレナ・イリスが気になるからな」

二人の了解《りようかい》を得られたら出発しよう。

【魔法の街】シャルムへ。

第9話　魔法《まほう》の街シャルム

「ルーク。いきなりで悪いが、魔法の街シャルムについて聞きたくてな」

「いえいえ。具体的にお願いできますか？」

俺《おれ》はギルド内のベンチに、ルークと二人で腰《こし》を掛《か》けていた。

「フローノアからシャルムまではどのくらいで行けるかわかるか？」

「おそらく、馬車でも半日以上は掛かりますね。それにしてもシャルムですか……」

ルークは眉《まゆ》を顰《ひそ》め、何か問題があるような言い方をしたのが気になった。

「なんだ？　その様子だと不安な点でもあるのか？」

「はい。シャルムは変わった人が多いという噂《うわさ》があるので、あまりお勧《すす》めはしません」

変わった人が多い？　魔法使いは頭の回転が速い秀才《しゅうさい》が多いイメージだが……。

「まあ、その辺りは問題ないだろう」

体を休めつつ観光し、あわよくばセレナ・イリスに会えたらいいなくらいの感覚なので、特に心配はいらないだろう。

「シャルムに何をしに行くんですか？」

「慰安《いあん》旅行だな。Ｄランク試験で二人には無理をさせてしまったからな」

シャルムに行くことは、昨日の夜に三人で話し合って決めたので、あとは方法と日時の確認《かくにん》だけだ。

「そうなんですか。宜《よろ》しければ、私が御者《ぎょしゃ》を務める馬車を出しましょうか？」

あまりに破格の提案だった。

俺はこれから安い馬車を探そうとしていたのでありがたいが、こちらからはなにも対価を渡《わた》せそうにないこともあって、どこか申し訳なくなるな。

「いいのか？」

「はい。その代わりと言ってはなんですが、出発の日まで稽古《けいこ》をつけてくれませんか？」

それすらも破格だった。

「もちろんだ！」

俺は考える余地もなかったので了承《りょうしょう》の一言を告げた。

「出発はいつになりますか？」

「そうだな……。三日後でどうだろうか？」

三日にした理由は特にない。

「そんなにいいんですか!?　さ、さっそく今からとかは……？」

ルークは申し訳なさそうに聞いてきたが、こちらとしては全く問題ない。

むしろ俺が世話になっているので、ルークの頼《たの》みを断る理由はなかった。

「いいぞ。裏の空き地でいいか？」

「はい！　お願いします！」

ルークは腰に差した剣《けん》に手をかけながら、初対面の頃《ころ》の態度が嘘《うそ》のように深く頭を下げた。

◆　◆　◆　◆

「――はぁ、はぁ……っ……。も、もう……動けません……」

「お疲《つか》れ。やっぱりその鎧《よろい》だと良い動きができるな」

稽古という名の模擬《もぎ》戦は、ルークの降参により小一時間ほどで終わりを告げた。

「ほ、ほんとう……ですか？」

「ああ。ギルドに戻《もど》りながら話そうか」

俺は足元が覚束《おぼつか》ないルークを軽く支えながら、ゆっくりと歩いていく。

「す、すみません」

「気にするな。というか馬車の件はありがたいが、領主様の許可は得られるのか？」

あのいかつい領主様が、易々《やすやす》と許可を出してくれるとは思えなかった。

「はい。というよりも私の馬車なので大丈夫《だいじょうぶ》ですよ」

当たり前とでもいうような表情だった。

「……そうなのか。聞いたことはなかったが、ルークって何歳《さい》だ？」

「私はもう二十歳《はたち》になってしまいました。最近は父上からお見合いの話ばかりされて大変ですよ」

ルークはやれやれと、小さくため息をつきながら言った。

「思っていたよりも若いな。領主は立場的には貴族になるのか？」

「立場は違《ちが》いますが、影響力《えいきょうりょく》は同程度と考えて良いでしょう」

ルークって実は凄《すご》いやつなのかもしれない。

権力に縋《すが》るわけではないが、これからも良い関係でいたいものだ。

「貴族みたいな立場だと大変だな。近いうちにお見合いはあるのか？」

「はい。父上の弟子《でし》にあたる方の御《ご》息女と数ヶ月後にお見合いがあります」

考え込《こ》むような素振《そぶ》りをしながら、ルークは答えた。

「もうすぐじゃないか。どんな相手かは分かっているのか？」

「相手の方の意向で、トラブルが起きないようにと当日まで何も分からない状態です」

ルークは楽観的な笑《え》みを浮《う》かべてはいたが、どこか心配そうな様子も窺《うかが》えた。

自分の伴侶《はんりょ》になるかもしれない人の詳細《しょうさい》がわからないのは不安だろう。

「俺は用事があるからここで失礼するが、何かあったらいつでも相談してくれ」

ギルドに着いたので、ルークとはここでお別れだ。

「はい、ありがとうございました！　明日からの稽古もお願いします！　では！」

ルークは軽い会釈《えしゃく》を済ませると、心配になるような足取りで、フラフラと歩いて行った。

俺はそんなルークを見送った後に、サクラのもとへと向かった。

「サクラ。時間あるか？」

姿勢正しく座りながらボーッとしていたサクラに話しかけた。

「うん？　大丈夫よ」

昼過ぎのギルドは皆《みな》がクエストに出払《ではら》っていて、他の受付嬢《うけつけじょう》も退屈《たいくつ》そうにしていたので少しだけ時間をもらっても平気だろう。


「――あっ、やっと二人に教えたんだね」

「まあな」

俺はサクラに小遠征《しょうえんせい》で起きた出来事について大まかに話していた。

「二人は今どこにいるの？」

「朝からDランク試験の報奨金《ほうしょうきん》を持って買い物に行ったみたいだ」

二人はぐっすりと眠《ねむ》る俺に書き置きだけ残して、どこかへ行ってしまっていた。

「ふーん。これからどうするの？　急いで上のランクを目指すの？」

「いや、実は魔法の街シャルムに行くんだ」

「え？　いつ？」

やや驚《おどろ》いた表情で聞いてきた。

「三日後だ。お土産《みやげ》は何が良い？」

「お土産は適当に――って、なんのために行くのよ？」

「慰安旅行だな。あわよくば安価な魔導具を手に入れて、とある魔導具職人《マジッククリエイター》に会ってみたいと思っている」

魔導具は普通《ふつう》の街よりも大量に出回っているはずなので、物価も下がっているだろう。

「……魔導具職人《マジッククリエイター》に関しては詳《くわ》しくは知らないけど、シャルムは変な噂も聞くから注意しなさいよ？」

「変わった人が多いとかか？」

「まあ、概《おおむ》ねそうね」

それはルークも言っていたが、流石《さすが》に心配するほどではないはずだ。

「……そうなのか。頭の片隅《かたすみ》に入れておく」

「はいはい。あっ、人が増えてきたから今日はこの辺りでごめんね」

サクラが入り口の辺りを見ながら言った。

確かに複数の足音や声が聞こえてくるので、クエスト終わりの冒険者《ぼうけんしゃ》が戻ってきたのだろう。

「ああ。時間取ってくれてありがとう。じゃ、またな」

迷惑《めいわく》はかけられないので、俺は短く別れの挨拶《あいさつ》を済ませてギルドを後にした。

出発は三日後だし、適当な買い出しを済ませたら、屋敷《やしき》に帰って準備でもするか。

◆　◆　◆　◆

「まだかなー」

「夜営の時よりもやることがないですね」

二人は椅子《いす》に腰掛け、退屈そうに足をブラブラさせながら言った。

「御者を務めてくれているルークに申し訳ない。あまり言ってやるな」

せっかく馬車を出してくれたんだ。

文句は言わないのが筋だろう。

「いえいえ。馬車旅が退屈なのは当然のことです。それに、師匠《ししょう》には今朝方まで稽古をつけてもらいましたしね！」

他の街へ行くためか、領主の息子《むすこ》らしく派手な銀色の礼服に身を包んだルークは、御者をすることに対して何の苦もなさそうな口振りだった。

「悪いな」

「大丈夫です。あと少しで到着致《とうちゃくいた》しますので、それまで辛抱《しんぼう》してください」

早朝にフローノアを出発し、シャルムへ向けた馬車に揺《ゆ》られること約半日。

現在は昼過ぎだろうか。

半日以上は掛かる計算でいたが、ルークが休みなしで馬車を走らせてくれたので、予定よりも早く着きそうだ。


「――師匠！　見えてきましたよ！」

あれから一時間ほど経過したところで、ルークが前方を指差した。

「うわぁ！　すごい壁《かべ》だね！」

「はい！　魔法の街というだけのことはありますね！」

二人が驚くのも当然のことで、シャルムは街をぐるりと囲うような外壁《がいへき》が天に届かんばかりにそびえ立っており、フローノアとは比べ物にならないくらい強固な造りであることがわかる。

「凄いな……これは土属性の魔法か？」

俺は隣《となり》で騒《さわ》いでいる二人を他所《よそ》に、窓の外の外壁を眺《なが》めていた。

「そうですね。選《よ》りすぐりの魔法使いが結集して建造したものでしょう」

俺がボソリとつぶやいた独り言に対して、御者席にいるルークが答えた。

「ねぇ、土魔法って何？」

俺と同じく魔力が全くなく、魔法が一切《いっさい》使えないアンが疑問の声を漏《も》らした。

「魔法は基本的に、火、水、土、雷《いかづち》、闇《やみ》、白の六属性で構成されているものです！　優秀《ゆうしゅう》な人は二属性、王宮に仕えたり、Aランク以上の冒険者になるような人は三属性以上は使えると思います。つまり、この壁は土魔法で造られたものということです！」

シフォンは魔法の話題になったせいか、普段《ふだん》よりもテンションが高めの声色《こわいろ》で捲《まく》し立てた。

サラリーやスズは俺が知っている限りでは、最低でも上級魔法を二属性は使えたはずなので、優秀な部類なのだろう。

そう考えると、全属性の中級魔法を使えたロイは化け物なのかもしれないな。

「はぇー。楽しみだね！」

それを聞いたアンは、何も理解できていないような返事をしたが、これまで剣一筋で生きてきたと思うので仕方がないだろう。

「楽しみなのは結構だが、到着したらすぐに宿を取るからな。迷子になるなよ？」

「「はーい！」」

二人が伸《の》びのある気の抜《ぬ》けた返事をしたその時だった。

ルークは外壁の門からやや手前の位置で、突然《とつぜん》馬車を停《と》めた。

「ん？　なんかあったか？」

「はい。どうにも門の周辺が詰《つ》まっているようですね。確認してくるので、少々お待ちください」

門の辺りを見てみると、ルークの言う通り複数の馬車や騎兵《きへい》が立ち往生しており、なにやら騒がしさを感じた。

「すまない。よろしく頼む」

ルークは日の光で銀の礼服を反射させながら、駆《か》け足で確認に向かった。

「んー。あのマーク、どこかで見たことあるよね？」

アンは目を細めて、騎兵の集団をじっくりと観察していた。

「確か……あの鎧って、王宮直属の騎士《きし》団のものですよね？」

仰々《ぎょうぎょう》しい光沢《こうたく》感のある鎧の背中に印《しる》された『龍《りゅう》』のマーク。

あれは王宮直属の騎士団『ドラグニル』に外ならない。

「あー！　それそれ！　なんでこんなところにいるんだろうね？」

ルークが戻ってくれば、答えはすぐにわかるだろう。

「――お待たせしました。どうやら、騎士団の『ドラグニル』があちこち街を巡回《じゅんかい》しているだけのようです。何日かシャルムに滞在《たいざい》するみたいですが、あまり気にする必要はなさそうです」

ただの巡回にしては物々しい雰囲気《ふんいき》だが、直接聞いた結果なので信じるしかないだろう。

「そうか。ここまでありがとな」

「いえいえ！　迎《むか》えは必要ですか？」

「……いや、いい。二人とも、降りてくれ」

少し迷ったが、いつ帰るかもわからないので断っておくことにする。

「そうですか。では、ゆっくりと旅行を楽しんでくださいね！　何かあったら手紙を出してください」

ルークは俺たちが馬車から降り終わるのを見届けてから、二頭の馬に鞭《むち》を打ち、軽《かろ》やかに走り去っていった。

「バイバーイ！」

「ルークさん、ありがとうございました！」

まずは宿をとって……それからだな。

俺たちは晴れ渡る空の下で、馬車で凝《こ》り固まった体を伸ばした後に、外壁の入り口に向かって歩を進め始めた。

「うわぁ！　凄いねー！　フローノアとは全然違うよ！」

「ほんとですね！　綺麗《きれい》な街並みですね！」

シャルムはフローノアよりも文化的に進んでいるのか、一つ一つの建造物の規模や外観がまるで別物だった。

「エルフの人たちも多いね！」

「ですね！　エルフは魔法が得意だからでしょうか？」

本来、エルフは美しい自然とともに暮らす種族なので、フローノアはもちろんのこと、王都にもあまりいないはずだが、この街には麗《うるわ》しいエルフの姿が散見された。

「軽く観光しながらでも良いから、まずは――ッ⁉」

宿を探しに行こうとした刹那《せつな》。

街道《かいどう》の先にあるカラフルな家が突如《とつじょ》として、轟音《ごうおん》とともに爆発《ばくはつ》した。

「なになに⁉　モンスター⁉」

アンとシフォンは俺の手を強く握《にぎ》りながら慌《あわ》てふためいていたが、街行く人々は至って平静だった。

「す、すみません。あの爆発は……？」

俺はすぐ近くを歩いていたエルフの男性に聞くことにした。

「ん？　何って魔力暴走だろ？」

「……？」

エルフの男性は何言ってんだと言わんばかりの表情で答えると、そそくさと立ち去ってしまった。

よく分からないが、街の人が焦《あせ》ってないなら平気なのだろう……。

「……宿を探すか。それよりも手を放せ。汗《あせ》ばんでて変な感じがする……」

二人はこれでもかというくらいの強い力で手を握ってきたので、俺の手のひらにはじっとりとした不快感があった。

「女の子にそんなこと言わないでよ、汗なんか出ないから！」

「そうです、僕《ぼく》たちは清潔ですよ！」

二人とも頬《ほお》を膨《ふく》らませて抗議《こうぎ》の意を伝えてきたが、全然怖《こわ》くない。

「……あの宿でいいか。行くぞ」

俺は無理やり手を放し、すぐ近くにあった宿へ向かった。

「あ……。待ってよー！」

「置いてかないでください！」

俺は後ろから聞こえてくる声を無視して、宿のドアを開けた。


「ふかふかですね……」

目の前には、たった一つしかないベッドの上で気持ち良さそうな表情で横になるシフォンの姿。

「この椅子も柔《やわ》らかいよ！」

窓際《まどぎわ》の椅子でゆらゆらと揺られているのは、花が咲《さ》いたような笑みを浮かべるアンの姿。

「なあ。なんで同じ部屋にしたんだ？」

俺は別々の部屋を希望したはずなのだが、トイレに行っている間にこんなことになっていた。

宿の部屋にも限りがあるのか、変更《へんこう》は受け入れられずに、流されるがままに部屋へ通されてしまった。

「まあまあ、いいじゃん！」

「そうですよ。せっかくの旅行ですし！」

「いや、それ以前に……いや、なんでもない」

低い知性をフル活用して反論を試みようとしたが、無駄《むだ》な口論はしたくないので俺が折れることにした。

最悪、床《ゆか》で眠ればいいしな。

「じゃあ、これからどうするの。買い物でも行く？」

「そうだな。俺は魔導具でも見に行くが、二人はどうする？」

「私たちは二人で観光してきてもいい？」

「ああ。暗くなる前に帰ってくるんだぞ」

これから二時間くらいで暗くなるはずなので、それまでは自由時間だ。

「わかった。シフォン、いこ！」

「はい！」

二人は手を繋《つな》いで、木目の床をギシギシと鳴らしながら、部屋の外へと走って行った。

◆　◆　◆　◆

俺は街の景色を楽しみながら、のんびりと街道を歩いていた。

街の至る所で魔導具が売られており、街行く人々の殆《ほとん》どが杖《つえ》を持ってローブを羽織り、魔法使いだということが一目でわかる外見だった。

「――お兄さん。そこのロン毛のお兄さん！　私に付き合ってくれませんか？」

俺が首をしきりに振《ふ》りながら、街を散策していると、背後から透《す》き通るような美声で呼び止められたので、返事をしつつもゆっくりと振り向いた。

「はいっ⁉」

そこにいたのは、艶《つや》のある金髪《きんぱつ》にスタイルが抜群《ばつぐん》の扇情《せんじょう》的な格好《かっこう》をした女性だった。

「私に付き合ってほしくて……。時間はありますか？　無料なのでどうですか？」

甘《あま》えるような声で上目遣《うわめづか》いで見てきた。

「む、無料……？」

こんな美女と『無料』で一体何を……！

「はい、無料です！　代わりにこれに署名してください！」

金髪の女性が渡してきたのは、一枚の紙だった。

「ん？　火の上級魔法の実験台に関する同意書……って、なんだこれ⁉」

署名する欄《らん》に隠《かく》れて、目を凝らしてようやく見えるくらいの文字の大きさで不吉《ふきつ》なことが書いてあった。

「……はぁ。じゃあね、ロン毛の人。せっかくいい実験台が手に入ると思ったのになぁ。あっ、お兄さん！　ちょっといい――」

「あっ！　はい！　なんですか⁉」

金髪の女性は大きなため息を吐《つ》くと、俺以外の観光客らしき男の方に向かっていった。

「……なんだあの人」

ま、まあ、たまたま今の人がおかしかっただけだろう。

「――きゃっ！　ママぁ！　私のパンが地面に落ちちゃったよぉ……！」

なんだ。

「まあまあ。どなたか手を貸してくだされば新しいパンを買ってあげるのに……」

今度は俺の目の前で女の子が転び、パンを落としたかと思ったら、母親らしき焦《こ》げ茶色の髪色《かみいろ》をした女性がわざとらしく俺のことを見てきた。

「うわぁぁぁん」

何もしない俺をみかねて、女の子は号泣《ごうきゅう》する始末。

「大丈夫かい？　何をしたら泣き止《や》んでくれるかな？」

放って置けない俺は女の子に近寄り、どうにか泣き止んでもらおうと試みる。

「……ひっく、うん。じゃあ、これに名前を書いて……。そしたら元気になるから！」

女の子は俺に一枚の紙を渡すと、すぐに泣き止んだ。

「わかったよ……。土の上級魔法の実験台に関する同意書……おい」

俺は先程《さきほど》のこともあったため、念のため内容を確認してみたが、これまた不吉なことが書いてあった。

「……チッ。さっ、行くわよ。次のターゲットはあの人よ。いいわね？」

「……。きゃっ！　ママぁ！　私のパンが地面に落ちちゃったよぉ……！」

「まあまあ――」

母親らしき焦げ茶色の髪色をした女性が一つ舌打ちを挟《はさ》むと、女の子は何でもなかったかのように立ち上がり、先程と全く同じ行動とセリフを繰《く》り返していた。

「……なんだこれ」

街に出てから三十分くらいで、こんなことが立て続けに起きてたまるか。

俺は次は何が起きても絶対に無視すると心に決めて、止まっていた足を動かした。

よくよく周囲を観察してみると、先程のような同意書を手にした人や、来た時のような謎《なぞ》の爆発が街中で起こっていた。

まじでなんだよ、この街……。

「オラァ！　こっち来いや！」

「なにするのよ、痛いじゃない！」

周囲を警戒《けいかい》しながら歩いていると、薄暗《うすぐら》い路地裏から男女が揉《も》める声が聞こえてきた。

「早くしろよ！　気持ちいいことしてやるからよ！」

「やめなさいよ！　この――」

「――静かにしろや！　殺されたいのか？」

俺に気付いたエルフの女性は、こちらに手を伸ばして助けを求めようとしたが、巨漢《きよかん》の男に口を塞《ふさ》がれてしまっていた。

先程のようなこともあるし、どうせ演技だろう。

「……ッ！　んーッ！　た、助け――」

「黙《だま》れ！　本気で殺すぞ？」

尚《なお》もエルフの女性は必死に暴れ回り、助けを求めている。

「離せ。嫌《いや》がってるだろ？　無理やりは良くない」

俺は警戒しながら路地裏に踏《ふ》み込み、巨漢の男を睨《にら》んだ。

演技だろうと何だろうと勝手に体が動いてしまった。

「あぁん？　誰《だれ》だお前？」

「これは演技にしてもやりすぎだ」

エルフの女性は鋭《するど》い目つきで巨漢の男を睨んでいた。

「演技だぁ？　何腑《ふ》抜《ぬ》けたこと言ってんだよ」

「いや、どうせこれが終わったら同意書でも渡してくるんだろ？　それなら――なんだ、いきなり巨漢の男はエルフの女性を自身の背後に突《つ》き飛ばすと、こめかみに血管を浮かべながら殴りかかってきた。

俺はそれを一歩下がることで難なく躱《かわ》す。

「あぁ？　俺の女を横取りしようとするからだろ！」

これは演技じゃないのか？

エルフの女性は実際に襲《おそ》われていたということなのか？

それなら話が早い。

「よし。縮地！」

「なにを――うッ」

「すまない。少し強かったかもしれない」

俺は瞬時《しゅんじ》に巨漢の男の懐《ふところ》に入り込み、縮地の勢いのまま、鳩尾《みぞおち》目掛《めが》けて拳《こぶし》を叩《たた》き込んだ。

「もうこんな路地裏に入らないでくださいね。危険ですから」

俺は巨漢の男が地面に倒《たお》れ伏《ふ》したのを確認し、突き飛ばされたエルフの女性に顔を向けた。

「ふんっ！　あんたに助けてもらわなくても平気だったわよ！」

しかし、エルフの女性は余裕《よゆう》を感じる強気な口振りだった。

「……そうですか。では」

「待ちなさいよ！　あんた観光客でしょ？　案内してあげるわ。仕方なくね」

俺にビシッと指を差してきたが、案内なんて必要ない。

「いえ、結構です。では」

「もう、何をそんなに急いでるのよ！」

ムキーっとしながら、獣《けもの》か何かのように唸《うな》っている。

「俺は安価な魔導具を探しているんです。では」

「……じゃあ、私が案内するわ！　こう見えても魔導具には詳しいんだから」

俺はエルフの女性に無理やり手を掴《つか》まれると、表の道に連れて行かれた。

彼女《かのじょ》はどこか自信ありげな表情だった。

「……」

「な、なによ」

アンよりもやや大きいくらいの身長に、黒髪のロング。そして、口調の荒《あら》いエルフの女性か。

あの二人といるよりも大変そうな予感がする。

「……わかりました。では、お願いしてもいいですか？」

魔導具やこの街の地理には詳しくないので、せっかくなので承諾《しょうだく》することにした。

「最初からそう言っておけばいいのよ。私は……そうね、レナって呼んで。あんたは？」

エルフの女性は、少し考え込む仕草をしてからレナと名乗った。

「俺はタケルです。レナさん」

「敬語とか嫌《きら》いなの。もっと気安く接してちょうだい」

俺は基本的に初対面の相手には敬語を使うタイプなので、レナの提案には若干《じゃっかん》の戸惑《とまど》いがあったが、断ったらさらに面倒《めんどう》な展開になりそうな気がする。

「……よろしく、レナ」

結局、俺はレナの提案に乗ることにした。

「それでいいのよ。早速《さっそく》行きましょう。いい魔導具を紹介《しょうかい》してあげる」

サラサラとした黒髪を揺らしながら、俺の前を颯爽《さっそう》と走って行った。

置いていかれたが、案内するんじゃないのかよ……。

「早く来なさいよ！」

「はいはい……」

「――こっちが白魔法、まあ初級の回復魔法を三回ぐらいは撃《う》てる魔導具ね！」

俺はレナに連れられて、街の中心からはやや外れにある木の家に来ていた。

「レナは魔導具職人《マジツククリエイター》なのか？」

家の中には大量の魔導具があり、一つ一つ丁寧《ていねい》に説明してくれたので、もしかすると全《すべ》て自作なのかもしれない。

「そうよ！」

腰に手を当てて、自慢《じまん》げに言った。

「なら、さっきの男なんて魔法で倒せただろう？」

魔導具職人《マジツククリエイター》なら魔法を使えるはずなので、あの程度の相手なら問題ないだろう。

「逃《に》げ出そうと思えば簡単に逃げ出せたけど、あんたが助けてくれそうだったし。なんていうか……丁度良いじゃない？　というか、私って攻撃《こうげき》魔法は使えないしね。助けてくれたことに感謝はしてるわよ」

あの暴れ回る姿も助けを求める声も、全て迫真《はくしん》の演技だったのか……。

そもそも、攻撃魔法もなしに一人で逃げ出せるのなら、どうしてわざわざ俺に助けを求めたのだろうか。

「……そうか。実は人探しをしてるんだが」

レナの思惑《おもわく》について少し考えたが、全くわからなかったので、俺は話を変えることにした。

「うん。誰？」

「セレナ・イリスという魔導具職人《マジツククリエイター》なんだが、何か情報を知らないか？」

「……うーん。知らないわね。だって、その人のことは誰も何も知らないからね！」

レナはなぜか自信ありげに胸を張って答えてみせた。

「そうか……。どうしても会ってみたかったのだが、無理そうだな」

「どうして？　何か頼みたいことでもあるの？」

レナは俺の目をジッと見ながら聞いてきた。

「深い理由はないんだ。ただ、凄い人だなって思ってな」

「ふーん。変わってるのね？」

　至って普通の理由だと思うのだが。

「……？　よく分からんが、何か情報があったら教えてくれ」

　他の住民に比べて、レナはかなりまともだっただけに、なにか情報を持っているのではないかと少し期待したのだが残念だ。

「わかったわ」

　レナはそっけなく返事をした。

「ああ。ところで、これはなんだ？」

　家の中にある大量の魔導具は、どれがなんなのか全く分からないが、凄いということだけは伝わった。

「これは――」

　俺は外が暗くなるまで、魔導具について教えてもらったのだった。

◆　◆　◆　◆

「すまない。もうそろそろ宿に帰らなければならないから、このへんで失礼する」

　魔導具の話に夢中になっていたせいか、夜の帳《とばり》はすっかり下りていた。

「あら？　もうそんな時間になったの」

「あっという間だったな……」

レナの知識が豊富だったので、俺はつい魔導具を見るのに熱中してしまった。

「最後に聞きたいこととかある？」

「そうだな、魔力暴走ってなんだ？」

俺は街で話しかけたエルフの男性の説明だけでは、魔力暴走のことが全く理解できていなかったので、ずっとモヤモヤしていたのだ。

「魔力暴走は魔導具を作る時に、道具に魔力を込めすぎちゃうことよ」

「それで爆発が起きるのか……」

魔力というのは恐《おそ》ろしいものだな。

「そうね。魔力暴走は駆け出しの魔導具職人《マジッククリエイター》がよくやる失敗ね」

レナはどこか懐《なつ》かしむような言い方をした。

「レナは結構なベテランなのか？」

「うーん。まあそうね！」

ここには百を超《こ》えるであろう魔導具があるので、レナは結構凄い人なのかもしれない。

「普段もここで魔導具を作っているのか？」

「違うわよ？　詳しくは教えられないけどね！」

レナは幾多《いくた》の魔導具を乱雑に並べながら答えた。

「そんなに雑に扱《あつか》ってもいいのか？」

「うん。どうせそう簡単に壊《こわ》れないし、後で片付けるしね。というか、帰らないの？」

「そうだった。では、またな。今度は仲間を連れてくるよ」

アンとシフォン、特にシフォンはこういうところが好きそうだしな。

「……ばいばい」

俺は木のドアに手を掛け、レナに別れを告げた。

宿に帰る道中、武装した『ドラグニル』の騎士たちが、まるで何かを探しているような鋭い眼光で歩き回っている姿が散見された。

やはり、ただの巡回にしては様子がおかしいな。

何かが起きることを見越《みこ》して警戒して損はないだろう。


「ただいま――ん？　どうした。何かあったのか？」

俺が古びた部屋のドアをゆっくりと開けると、二人は意気消沈《いきしょうちん》とでもいうようにベッドで仰向《あおむ》けになっていた。

「この街は変な人が多すぎます！　見てください、これ！」

「タケルさん！　この街やばいよ！」

シフォンの手には例の同意書が何十枚もあり、アンはそれを見て嘆《なげ》いていた。

「……俺もこんな街だとは思わなかった。魔法の勉強をしすぎて、頭のネジが外れているのかもしれないな……」

俺はこの街の異常さを、レナとの時間ですっかり忘れていた。

「タケルさんはどこに行ってたの？」

「俺は魔導具職人《マジツククリエイター》の人と会っていた。二人は何をしていたんだ？」

「僕たちは適当にブラブラしてたら変な人に次々と絡《から》まれたので、最後の方はずっとベンチに座《すわ》ってました」

「あ、でも、セレナ・イリスさんについての情報は少しだけわかったよ！」

二人は依然《いぜん》としてベッドで仰向けになりながら答えた。

「ほんとか!?　どんな情報だ？」

「何人かに街で声を掛けてみたけど、髭《ひげ》の生えたドワーフの男性だったり、五歳くらいのエルフの女の子だったり……」

「見たことあるって人は多かったのに、種族も性別も年齢《ねんれい》も名前も、全部がバラバラでしたよね？」

二人は顔を見合わせながら、セレナ・イリスの情報について口にした。

「……名前が違うのにどうして本人だとわかるんだ？」

「街の魔導具職人《マジツククリエイター》の人たちのお手伝いをしているらしいです。それも、凄い技術なのに無償《むしよう》で提供するみたいですね」

もしかすると、かなりのお人好《ひとよ》し、というよりも優《やさ》しい人なのかもしれないな。

「だからシャルムの街の人たちも詳しいことは知らないみたい。助けてもらってるからどうでもいいって言ってたしね！」

相当な技術なのに無償で行うということ以外の全てが謎だな。

「そうか。明日はどっか行く予定はあるか？」

「外に出ると爆発と勧誘《かんゆう》で観光どころではないので、宿にいたいですね……」

「うんうん！」

アンはシフォンの言葉に賛同するように、力強く頷《うなず》いていた。

「わかった。俺は明日も出かけるからよろしくな」

二人に何の予定もないならレナのところへ一緒《いっしょ》に行こうと思ったが、そもそも外出を嫌がっている様子なので、明日も一人で行くことにした。

「わかりました。タケルさんは夕食はもう済ませましたか？」

「いや、これからだ。二人はもう食べたのか？」

「はい。というか、僕たちは食べ歩きをしてたので、夕食は入らなさそうです」

シフォンがほっそりとした自身の腹をぽんぽん叩きながら言った。

「そうか……。なら、俺は一人で近くの酒場にでも行ってくる。二人は部屋でゆっくりしててくれ」

「いってらっしゃーい」

俺は未《いま》だにベッドに顔を埋《うず》めるアンに見送られて、宿を後にした。


俺が向かった先は、宿とは別の通りにある酒場だった。

「いらっしゃいませ。こちらのカウンター席へどうぞ」

木造で味のある雰囲気に惹《ひ》かれ店に入ったのだが、薄暗い間接照明が特徴《とくちょう》的で、シックな俺好みな空間だった。

客は少なく、俺とエルフのカップルのみ。

「兄ちゃん、何にする？」

俺はスキンヘッドの店主が目の前にいる席に通された。

「水とステーキ。それと、小さめのパンをお願いします」

「あいよ。見ない顔だが、どこから来たんだ？」

「フローノアです」

スキンヘッドの店主は分厚いステーキを鉄板で焼きながらも、楽しげに話を振ってくれる。

「遠いところから来たんだな。変な街だが楽しんでいってくれ。まあ、今はそうもいかないがな……」

「どういうことですか？」

店主が自身の街を自虐《じぎゃく》する言葉を吐くと同時に、木造のドアが勢いよく開かれ、悪酒のような鼻を刺激《しげき》する不快な臭《にお》いが店内に漂《ただよ》った。

「……いらっしゃいませ。何名様ですか？」

「一人だ！　早く酒とつまみを出せ！」

女性店員が恐る恐るといった声色で聞くと、男は勝手に席に座り、横柄《おうへい》な態度で酒を要求した。

俺は背後に座った失礼な男の姿をチラリと確認すると、そこにいたのは予想だにしない者だった。

「どうしてこんなところに……？」

そこにいたのは、王宮直属の証《あかし》である鎧を身に纏《まと》う『ドラグニル』の騎士の男だった。

「……あんた、早くこの店から出て行ったほうがいい。痛い目に遭《あ》うぞ」

スキンヘッドの店主がおもむろに口を開いた。

「それは、どういうことだ？」

「なんでもだ。早く出て行け。こいつらは――」

「――おい！　酒はまだかぁ⁉　そこのエルフ！　じろじろと見てんじゃねぇよ！」

見たところ、相当酔《よ》っているな。

ここに来る前に別の店で飲んできたのだろう。

「ったくよ！　セレナ・イリスはどこにいるんだよ……」

騎士の男はテーブルに拳を叩きつけながら、怒《いか》りを含《ふく》んだ口調で言った。

「チッ。おらぁ！　酒はまだかぁ？」

「お、お待たせしました……。こ、こちらが醸造酒《じょうぞうしゅ》と付け合わせのナッツになります……」

「……んぐっ。なあ、俺は王宮直属の優秀な騎士だ。わかっているのか？」

騎士の男は出された酒瓶《さかびん》を乱暴に手に取ると、静かな店内に自身の喉《のど》に波を打たせる音を響《ひび》かせてから口を開いた。

「は、はい……」

なぜ女性店員は怒《おこ》られているのだろうか。

特に悪いことはしていないはずだが。

「なら、俺の女になれ……。どうだ？」

相当な悪酔いをしているようで、ただの女性店員に権力を振りかざした口説き文句を吐いた。

「俺がギルバード騎士団長に言えば、お前の首、いや、お前の身内の首はすぐに飛ぶんだぞ？　それでも良いのか？」

「……」

「……ッ！」

騎士の男の最低かつ下劣《げれつ》な言葉に対して、女性店員は沈黙《ちんもく》を貫《つらぬ》いたが、ジリっと小さく後退したのか、靴《くつ》が床を擦《こす》る音が聞こえた。

流石に、これ以上は見過ごせないな。

「わかったら、とっとと俺の女になりやがれ！　お前なんて――」

「――『ドラグニル』の矮小《わいしょう》な騎士。頭を冷やせ」

俺は水の入っているコップを、騎士の男の頭の上で逆さにした。

それは男の顔や髪をずぶ濡《ぬ》れにするには十分だった。

「お、おい！　兄ちゃん！」

スキンヘッドの店主は厳《いか》つい見た目からは想像もできないほど、弱々しく俺を気遣《きづか》った。

「店主。すまないな。店を汚《よご》してしまった」

「そ、それは別にいいんだが……」

「おい……。てめぇ、誰に喧嘩《けんか》売ったのか分かってんのか？」

騎士の男は水をかけられた怒りで体をぶるぶると震《ふる》わせながら、語気を荒らげた。

悪酔いした人間に普通の言葉が通じるとは思えない。

こうでもしないと怒りの矛先《ほこさき》はこちらに向けられないだろう。

「いくら『ドラグニル』であろうと、一般人《いっぱんじん》を権力でどうにかしようというのは容認できない」

「あぁ？　てめぇ、何様のつもりだ？」

騎士の男は椅子から立ち上がり、焦点《しょうてん》の定まらない目付きでこちらを睨んできた。

「やり方を間違えていると言ったんだ。本来、騎士というものは民《たみ》を守るべき立場だろう？」

「……なんも分かってねぇな。それは建前だろ？　俺たちはセレナ・イリスさえ捕縛《ほばく》することができれば、何しても許されるんだよ！」

めちゃくちゃな理論だが、騎士の男は引っ掛かることを言った。

「セレナ・イリスをどうして捕縛するんだ？」

「教えねぇよッ！」

騎士の男はゆらゆらとした動きで抜剣《ばっけん》し、俺に向かって剣を振り下ろした。

「……抜剣したということは、そういう意味でとってもいいんだな？」

俺は騎士の男の遅《おそ》い剣筋を最小限の動きで回避《かいひ》し、千鳥足でふらつく騎士の男の姿を見据《みす》えた。

「『ドラグニル』の騎士の力を体感し――――ッかはっ……」

「すまないな。あまり店に迷惑は掛けられないんだ」

俺はプレートアーマーの脆《もろ》い関節部分に刀の柄《つか》で連続して打撃《だげき》を加えることで、両膝《りょうひざ》と両肘《りょうひじ》の完全な脱力《だつりょく》を狙《ねら》った。

すると見事に騎士の男は剣を手から滑《すべ》らせ、膝から床に倒れ伏した。

「貴様ッ！　こんなことをして許されると思っているのか！」

男は床に顔をつけた状態で唾《つば》を撒《ま》き散らしながら虚勢《きょせい》を張った。

「そんなことより騎士団の狙いを教えてほしい。セレナ・イリスをどうする気だ？」

「……」

「ダンマリか？　これはただの疑問だ。なぜ、セレナ・イリスのような一般人を狙っているんだ？」

セレナ・イリスは優秀な魔導具職人《マジッククリエイター》とはいえ、ただの一般人だ。

騎士団が危害を加えて良い理由にはならない。

「アレが一般人だと⁉　アレは人間ですらねぇ、モンスターだ！」

ようやく四肢《しし》に力が入ったのか、騎士の男がフラフラと立ち上がりながら言った。

「……？　待て、どういうことだ？」

人間ですらなく、モンスター？

「お前らみたいな本当の一般人は何も知らねぇんだ。アレの正体は――」

「――サラン。ここで何をしている。門限は既《すで》に過ぎているぞ……」

「ギ、ギルバード騎士団長……ッ！」

これ以上は言わせまいと、騎士の男の言葉を遮《さえぎ》るように現れたのは、普通の『ドラグニル』の騎士のものとは異彩《いさい》を放つ、金色《こんじき》の鎧を身に纏う初老の男性だった。

左手に持つ細剣からは、何者かの血が滴《したた》っており、何事にも動じることのないその佇《たたず》まいは、歴戦の騎士のような雰囲気が漂っていた。

この人が『ドラグニル』の騎士団長か……。

「うちの団員が迷惑を掛けた。サラン――だ。明朝、行動を開始する。俺についてこい」

「っ⁉　は、はい！」

騎士団長はサランと呼ばれた騎士の男の耳元で何かを囁《ささや》くと、すぐさま店を後にした。

それにしても、明朝か……。

「店員さん。怪我《けが》はないですか？」

「……はっ、はい！」

女性店員はお盆《ぼん》を持つ手を震わせながら答えた。

「おい、兄ちゃんは平気なのか？」

「はい。酔っ払《ぱら》いの対応は慣れているので」

スズやサラリーに加えてロイまでもが酒豪《しゅごう》だったため、いつも素面《しらふ》の俺が対応していた。

「ならいいんだが……。兄ちゃんはあいつらについて知っている上で喧嘩を売ったのか？」

スキンヘッドの店主は険しい顔付きで聞いてきた。

「いえ。ですが、ただの騎士団ではないことは先ほどの態度で明らかになりました。目的はなんですか？」

「そうだな。王宮直属の騎士団『ドラグニル』は、一年くらい前からシャルムを訪《おとず》れるようになったんだ」

「ただの巡回……ではないですよね？」

「ああ。やつらはセレナさんを捕縛して、王都で利用するつもりのようだ。モンスターのことについてはわからないが、年に数回、血眼《ちまなこ》になって探しにきているのは確かだ」

つまり『ドラグニル』は巡回という名目でセレナ・イリスの捕縛を企《たくら》んでいるということか。

それも一年前から何度か訪れてまで。

「シャルムにも危害を加え続けているということですか？」

「そうだな。人攫《ひとさら》いと魔導具の強奪《ごうだつ》が中心だな。お国に仕える騎士様だからって理由でなにをしても黙殺《もくさつ》されるんだ。ひでぇ話だぜ」

フローノアでは全く噂になっていないので、おそらく、王宮直属という肩書《かたがき》から情報が隠蔽《いんぺい》されていたのだろう。

「さっきの騎士団長については、ご存じでしたか？」

「初めて見たな。今までは騎士団長なんていなかったからな。今回はやつらも本気なのかもしれない……」

「……情報提供をして頂きありがとうございます。代金はこちらでよろしかったですか？」

「金はいらねぇ。大事な娘《むすめ》が連れていかれるところだったしな」

俺は迷惑料《めいわくりょう》としてカウンターの上にやや多めの銀貨を置こうとしたが、スキンヘッドの店主に止められてしまった。

この女性店員って店主の娘さんだったのか。それにしても、どこかで見たことのある顔だな。

「いいんですか？」

「当たり前だ。それと、やつらは王宮直属とは言っているが、なにをしでかすか分からねぇ。兄ちゃん……くれぐれも気を付けろよ？」

「はい。では、またどこかで。店員さんもさようなら」

「あ、ありがとうございました！」

俺はスキンヘッドの店主と、顔を赤らめておどおどしている女性店員に見送られて、宿への帰路に就《つ》いたのだった。


俺は心地《ここち》好《よ》い夜風に吹《ふ》かれながら、のんびりと宿に帰り、部屋の前に来たのだが、中からは、なにやら騒がしい声が聞こえてきた。

それに、本当に微弱《びじゃく》だがモンスターの気配もある。

「——なんだ、その黒猫《くろねこ》は？」

ゆっくりとドアを開け、部屋をぐるりと見渡《みわた》すと、ベッドの側《そば》に設置されたテーブルの上に黒猫が横たわっているのを発見した。

「タケルさん！　この猫ちゃん、怪我をしてるの！」

「宿の前で倒れてたんです！　息はしていますが、少し辛《つら》そうです」

二人は黒猫の傷口を見ながら、慌てた様子で声を上げていた。

「これは、斬《き》り傷か……？」

痛みで顔を歪《ゆが》めている黒猫の前脚《まえあし》には、何か鋭利《えいり》なもので肉を裂《さ》かれたような痕《あと》があった。

「治るかな？　目を覚まさないけど……」

アンが心配そうな表情で黒猫の頭を撫《な》でていた。

「見たところ幸い傷は深くはないから安心しろ。明日になったら俺の知り合いの魔導具職人《マジッククリエイター》のところへ連れて行こう」

レナは回復の魔導具を持っていたはずなので、あそこに行けばすぐに怪我を治せるかもしれない。

「よ、良かったです！　それにしても、斬り傷ですか？」

「私たちが抱《だ》っこした時も怖がってたし、誰かにやられたのかな？」

「……わからない。ただ、無視はできないな。二人はもう寝《ね》てくれ。今夜は俺が看病する」

俺はバックパックから応急処置用の清潔な布を取り出し、黒猫の前脚を止血しながら言った。

「え、でも、タケルさんだけに任せるのは――」

「――いや、いいんだ。俺にやらせてくれ」

俺はこの黒猫について、少し気になったことがあった。

「疲れたらすぐに代わるので、僕たちのことを起こしてくださいね？」

「ああ。おやすみ」

「おやすみなさい……」

二人は先ほどから目がしょぼしょぼしていたので、相当疲れていたのだろう。

一人用のベッドで身を寄せ合いながら、すぐに眠りについた。

この様子だと明日は昼頃まで寝ててもおかしくはないな。

二人が熟睡《じゆくすい》してから一時間ほど経過した頃。

俺は規則正しい呼吸をしている黒猫に疑いの言葉を掛けた。

「……君は何者だ？」

「……」

アンとシフォンは気が付いていなかったが、テーブルで横たわる黒猫は俺たちが話している最中に意識を取り戻していた。

「君からは微弱だがモンスターの気配を感じる。ただの黒猫ではないだろう？」

モンスターあるいは、それに類似《るいじ》する何かだろう。

「……ニャォ」

黒猫はおもむろに起き上がると、前脚を庇《かば》いながら窓から飛び出していった。

「……？　ついていってことか？」

「ニャォ」

二階建ての宿ということもあり、飛び降りても平気だったのか、黒猫は何食わぬ顔で俺を先導するように歩き始めた。

俺は二人が熟睡していることを確認してから、黒猫に続いて窓から飛び降りる。

「どこに行くんだ……？」

「……」

黒猫は深夜ということもあってか、人通りの全くない街道を進んで行くと、どこか異様な雰囲気が漂う路地裏に入っていった。

「……？」

俺は黒猫よりも数秒遅《おく》れてから恐る恐る路地裏に入っていくと、そこに黒猫の姿はなかった。

「消えた……？　だが、気配はある……」

暗闇《くらやみ》の中で目を凝らしながら黒猫を探すが、気配が微弱すぎて姿を捉《とら》えることは難しい。

「タケル」

「──誰だ」

姿は見えないのに透き通るような中性的な声が俺の耳に入ってきたので、俺は首を動かして声の出処《でどころ》を確認するが、全くわからない。

「もっと下」

「……粘液《ねんえき》？　スライムか……？」

声の指示通りに目を下に這《は》わせていくと、石造りの地面にはスライムらしき粘液が水溜《みずたま》りのように広がっていた。

「この声に聞き覚えはない？」

聞き覚え？　この声は……

「レナ？　いや、そんなはずは──」

「――正解よ。これから起きることを見ても驚かないでね？」

レナを名乗るスライムらしき粘液は、ぬちゃぬちゃと音を立てながら蠢《うごめ》くと、ものの数秒で人間の幼女に姿を変えた。

「……誰だ？」

「私よ！」

「俺の知り合いに幼女はいない」

目の前の幼女は俺のことを上目遣いで見ていた。

「あ、こっちだったたっけ？」

レナを名乗る幼女は、俺が知っている黒髪ロングの美少女エルフに一瞬で姿を変えた。

「その姿……本当にレナなのか？」

「そうね今の私は〝レナ〟よ」

レナは意味ありげに答えた。

「……すまないが全く状況《じようきよう》が呑《の》み込めない」

レナはスライム？

人間や黒猫に姿を変えられるモンスター？

「まあ、そうよね。でも、詳しく説明している暇《ひま》はないの」

「何か事情があるのか？」

「まあね……」

レナは悲しげな表情を浮かべて俯《うつむ》いていた。

「そうか……なら、一つだけ聞いてもいいか？」

俺の頭の中は様々な情報が混濁《こんだく》し全くまとまっていなかったが、一つの大きな可能性が浮かび上がってきた。

「……なによ？」

「レナは——セレナ・イリスか？」

俺はレナの目を見据えながら確認した。

「どうして、そう思うの？」

「騎士の男から聞いたんだ。『アレは人間ですらねぇ、モンスターだ！』って。それに、セレナ・イリスは幾《いく》つもの姿を持っているらしい」

誰もセレナ・イリスに関する詳しい情報を知らなかったのは、複数の姿を持っているから——だとしたら合点《がてん》がいく。

「私がセレナ・イリスだったら、どうするの？」

レナは否定も肯定《こうてい》もしなかった。

「どうもしない。本人なら会えて嬉《うれ》しい。それだけだ」

困っているのなら助けになる。俺は味方だということを暗に伝えた。

「そう……」

「ああ」

真っ暗闇の路地裏で向かい合って佇む二人の間に、えもいわれぬ沈黙が訪れた。

「……私は――」

「――貴様ら。そこでなにをしている？」

レナが真一文字に結んだ口をゆっくりと開いたその時だった。

俺の背後からは今、最も会いたくない人物が現れた。

「ギルバード……」

凝固《ぎょうこ》した血液が付着する細剣を構えていたのは、『ドラグニル』の騎士団長――ギルバードだった。

「貴様は酒場でサランと揉めていた男だな？　そこの女となにをしていた？」

ギルバードは眉を顰めながら細剣を構えている。

「特になにも」

行動を開始するのは明朝と言っていたはずだが……。

「では、そいつを渡せ」

俺はレナの身を庇うようにして、ギルバードと対峙《たいじ》した。

「理由を聞いても？」

レナは俺の服の袖《そで》を軽く掴みながら、小刻みに震えていた。

「漸《ようや》く見つけたターゲットだからだ」

「それならば渡せない」

細剣の構えや佇まいを見るに、相当な実力者だとわかる。

戦闘《せんとう》は避《さ》けられそうにないな。

「そうか……。では、実力行使でいかせてもらおう」

「場所を変えないか？　〝騎士〟らしく正々堂々と勝負をつけよう」

流石にシャルムの街を破壊《はかい》するわけにもいかないので、俺は戦闘場所の移動の提案をした。

まあ、こんな提案が通るとも思っていないが。

「ふむ。いいだろう。私も歳《とし》は取ったが、一人の騎士だ」

ギルバードはニヤリと口角を上げると、鞘《さや》に細剣を納めた。

「では、街の外の草原はどうだ？」

俺はギルバードを誘《さそ》い出すように、わざ、と背を向けて外壁を指差した。

「――隙《すき》だらけだッ！」

やはりか……。こいつは騎士でもなんでもない。

ギルバードは俺が背を向けた瞬間に抜剣すると、業物《わざもの》の細剣を振り下ろしてきた。

しかし、そんなことは想定内だ。

「……甘いな」

「く、くっ！」

俺はすぐさま振り返りながら抜刀し、難なくギルバードの細剣をさばいた。

「こんな街中で派手に戦闘なんかして許されると思ってるのか？」

ギルバードは血気盛んな様子で、今にも攻撃を仕掛けてきそうだった。

「そいつが人払《ひとばら》いの魔法を掛けているから問題ない。この路地裏は現実とは別の空間だ。ここに市民が立ち入る心配はない」

この異様な雰囲気はレナの人払いの魔法の影響《えいきょう》だったのか。

初めての感覚だったから全くわからなかったな。

「タ、タケル。大丈夫なの？」

「ああ。レナ、後ろにいてくれ」

俺は背後で怯《おび》えるレナに言葉をかけてから、改めてギルバードと対峙した。

「……かかってこい」

「──参るッ！」

ギルバードは片手で細剣を構えると、アーマープレートの重量感をまるで感じさせない動きで距《きょ》離《り》を詰めてきた。

しかし……。

「剣筋が遅いな。これが騎士団長か？」

俺はギルバードが織りなす細かい連撃を簡単にあしらっていく。

「貴様、何者だ！　俺は冒険者ならAランク相当だぞ⁉」

ギルバードは苦し紛《まぎ》れに怒号《どごう》を撒き散らした。

「ただのDランク冒険者だ……」

「こんなDランクがいてたまるかッ！　クソッ！」

ギルバードは自身が劣勢《れっせい》だと理解しているはずなのに、その苦しげな表情とは裏腹にどこか余裕を含んだ態度を見せていた。

これは何かされる前にカタをつけたほうがよさそうだな。

「悪いが、早々に――」

「――タケル！　た、たたた、助けて！」

俺は決着を急ぐために縮地を使おうとしたのだが、少し判断が遅かったようだ。

「レナ……」

「サラン！　良くやったぞ！」

「はい！　こいつの命《いのち》がどうなってもいいのか？　わかったらすぐに武器を捨てろ！」

俺の背後にいたレナは酒場にいた騎士の男――サランに首元へナイフを突きつけられており、焦りと恐怖《きょうふ》を感じさせる声色で助けを求めていた。

「こいつの命が目の前で散るところを見たくなければ……わかるな？」

ギルバードは俺に鋭利な細剣を向けながら言った。

つくづく卑劣《ひれつ》な男だ。

「……ああ」

俺は自然な動作で背後を確認し、ゆっくりと地面に刀を置いた。

「よし。地面にうつ伏《ぶ》せになれ。そして『ドラグニル』の騎士への無礼を詫《わ》びろ。俺が良いと言うまでだ」

「ふぅ……」

俺は小さく呼吸を整えて、攻撃の隙を窺う。

「……どうした？　早くしろ。さては、恐怖で声も出ないか？」

ギルバードは下品な笑みを浮かべながら、俺の方にゆっくりと接近してきた。

「タケル！　私のことはいいから――」

「――縮地！」

レナを人質《ひとじち》に取って余裕が生まれたせいか、前方から迫《せま》るギルバードと背後のサランが纏うピリピリとした空気が一瞬だが緩和《かんわ》した。

「なッ⁉　貴様ァ！」

サランとギルバードはなにが起こったのかわからないという様子だった。

「レナを離せ。さもなくば、お前の部下の首が飛ぶぞ」

俺は縮地でレナの首元にナイフを突きつけるサランの背後に回り、逆にサランの首元に三年前まで愛用していた短剣を突きつけた。

最近はまったく出番がなかったが、万が一に備えて懐に忍《しの》ばせておいてよかった。

どっちが悪人なのかわからない構図とセリフになってしまったが、人払いをしているので問題ないということにしておく。

「くッ！」

「……サラン」

「クソが！」

サランは不快な感情を含んだ舌打ちをしたが、ギルバードの一言でレナを乱暴に解放した。

部下の命《いのち》と騎士としての命《めい》を天秤《てんびん》にかけたギルバードの苦渋《くじゅう》の決断だろう。

「キャッ！」

「大丈夫か？」

「う、うん。タケルは平気なの？」

「ああ。早く逃げろ」

俺はサランの首元にナイフを突きつけながら、レナに言い放った。

「ごめんね。本当は巻き込みたくなかったのに、こんなことになって」

「構わん。早く行け」

レナは俺の方をチラチラと振り返りながら走り去っていった。

ギルバードのような騎士団長クラスでようやく微弱な気配を認識《にんしき》できるくらいのはずなので、姿を変えながらであれば、この街から逃亡《とうぼう》することは容易《たやす》いだろう。

「貴様ァ……！」

ギルバードは静かな怒りをその目に宿していた。

『ドラグニル』にとっては、それほど大切な命《めい》だったのだろう。

「……まだ戦うか？　正直、俺とお前たちでは勝負にならないぞ？」

俺はサランを圧迫《あつぱく》する力を強め、抵抗《ていこう》する力を完全に失わせる。

「どうして我々が『ドラグニル』と呼ばれているか、貴様は知っているか？」

「……」

ギルバードは星空を見上げながら腰にぶら下げた麻袋《あさぶくろ》に手を入れた。

「そうか。では、これが何か分かるか？」

「ギ、ギルバード騎士団長⁉　まさか……」

サランはギルバードが懐から取り出した赤い角笛を見ると、焦ったような声を上げた。

「なんだそれは？」

俺には警戒に値するようなものには見えなかった。

魔導具のような魔力も感じず、武器や防具にも見えない。本当に何の変哲《へんてつ》もない赤い角笛だった。

「今にわかる――――」

ギルバードは角笛に口をつけると、遥《はる》か遠くの空まで響かせるように、歌うような抑揚《よくよう》を帯びた重低音を鳴らした。

「ヒャヒャヒャヒャッ！　これから蹂躙《じゆうりん》が始まるぜ！」

それは突然現れた。

頭上で巨大《きよだい》な翼《つばさ》を羽ばたかせているのは真っ赤なドラゴンだった。

全長は測りきれないが、相当な大きさだということがわかる。

でっぷりとしたその腹と巨大な口は、数十名の人間を一気に丸呑《まるの》みにしてしまいそうだ。

「あれは……ルージュドラゴンか？」

俺はケタケタと大口を開いて高笑いしているサランの首を絞《し》めると、一瞬で意識を奪《うば》い、ギルバードの足元に放り投げた。

「――ルージュドラゴンはＡランクパーティーを一体で壊滅《かいめつ》させられるほどのモンスター。いくら貴様が強いとはいえ、たった一人では数秒で消し炭にされるだろう。貴様に勝ち目はない」

ギルバードは足元に転がるサランの姿を何でもない様子で見据えながら、勝ちを確信したかのような口振りで言った。

「あれは、『ドラグニル』がテイムしたのか？」

空中で円を描《えが》くように飛び続けているルージュドラゴンの太い首には、テイムされたモンスターの印として、鉄の首輪が嵌《は》められていた。

「そうだ。何百人もの犠牲《ぎせい》を払《はら》って数年前に従えることに成功した『ドラグニル』の最高戦力だ。すぐに宿で待つ仲間の増援《ぞうえん》もあるだろう！　貴様は精々無駄な足掻《あが》きをしてこの街もろとも滅《ほろ》ん――ッッ！」

「――静かにしてくれ」

俺はペラペラと口を動かし続けるギルバードの背後に高速で回り、首元に手刀を落として闇へ誘《いざな》った。

流石にこの状況は不味《まず》いかもしれない。街に被害《ひがい》を出すわけにもいかないしな。どうするか。

セレナ・イリスを捕縛するためだけにここまでやるとは、何か俺が知らない秘密がありそうだ。

「──グルゥゥアァァァアッ！」

ルージュドラゴンは俺の頭上、というよりも遥か上空を飛び回り、腹の奥底《おくそこ》に響くような咆哮《ほうこう》をあげた。

それはまるで、俺に向かって宣戦布告をしているようだった。

ルージュドラゴンの巨大な咆哮にシャルムの街の人々も気が付いたのか、夜中だというのに街は一気に明るくなり、日中かと思うほど騒がしくなっていた。

「街の外へ撃ち落とすにはどうしたらいいか……。増援が来る前に片付けないとな」

地上と空中、人間とモンスター。

全てを相手取るのは難しいので、まずはルージュドラゴンを片付けなければならないだろう。

「っし。街の外へ誘《おび》き出すか──」

俺はいつもよりも倍近く重心を低くして、石造りの地面を抉《えぐ》るほど足を踏み込んだ。

「──縮地！」

家の外へ出て空にいる化け物を眺める街の人々の姿を眼下に見ながら、俺は空を駆けた。

ビッグアリゲーターの討伐《とうばつ》をした際、縮地を利用して水の上を走ることができたので、空も駆けることができるのではないかという謎の理論を実践《じっせん》してみたが、無事に成功した。

「グルゥゥアァ……？」

ルージュドラゴンは常識外れのスピードで空を蹴《け》りながら進む俺の姿を薄《うつす》らとしか捉えることが

できていないのか、常人なら見られただけで気絶してしまいそうなくらい鋭い金色《こんじき》の瞳《ひとみ》をギョロギョロと動かしていた。

「――こっちだ！」

俺はルージュドラゴンの眼前でスピードを緩《ゆる》めて、あえて姿を見せ、街の外へ誘導《ゆうどう》するためにルージュドラゴンに声を掛けた。

「グルゥゥァァアアッッ！」

ルージュドラゴンはギルバードという指示者がいなくなったからか、動きに制限がなくなっており、怒りの咆哮をあげると同時に、炎《ほのお》のブレスを吐いてきた。

勢いのある炎のブレスは、俺の全身を包み込むほどの規模にまで膨れ上がっており、一度でも喰《く》らってしまうと再起不能になってしまうだろう。

「――っ⁉」

俺がギリギリのところで炎のブレスを躱そうとしたその時だった。

「土ノ障壁《アースピラー》！」

土の上級魔法を唱える女性の声が響くとともに、俺とルージュドラゴンの間に土の柱のようなものが現れた。

「あの人って……確か昨日の……」

俺のことを炎のブレスから守るようにして地上から放たれた土の上級魔法の正体は、女の子がパンを落として助けると同時に同意書を渡すという手法で、多くの観光客に接近していた女の子の母親らしき焦げ茶色の髪色をした女性だった。

「隣にいるのって……スキンヘッドの店主か？」

焦げ茶色の髪色をした女性の隣にいたのは、パンを落とす役をしていた女の子を抱《かか》えているスキンヘッドの店主と、女性店員――娘さんだった。

「……まさか、あそこが家族だったなんてな……」

俺は地上にいる彼《かれ》らに手を振り、御礼《おれい》の意を伝えた。

どうりで娘さんの顔に少し見覚えがあったわけだ。

「グルゥウァアッ！」

俺が感慨《かんがい》に耽《ふけ》っている間に、ルージュドラゴンは土の壁を強引《ごういん》に突き破ってきており、すぐ俺の眼前で空気を震わすような咆哮をあげた。

「おっと、余裕こいてる場合じゃないな――ついてこい！」

言葉が通じているのかは分からないが、俺はルージュドラゴンを手と声を使って誘導し、街の外にある広大な草原へ向かった。


「ここなら大丈夫だろ」

俺は草原に降り立ってルージュドラゴンと対峙した。

それにしても、間近で見るとすごい迫力《はくりょく》だな……。

目の前のルージュドラゴンは喉を鳴らして、地鳴りのような低い声を上げながら、すでに臨戦態

勢に入っていた。

先手必勝ということで俺は縮地をするために、膝を軽く曲げ重心を低くし、前傾姿勢《ぜんけいしせい》になると同時に、流れるような動作で地面を蹴ろうしたのだが、本来ならそこにあるべきものが無かったことに今になって気が付いた。

「縮地――ん？　やべぇ、あそこに刀忘れてきた……」

ギルバードとサランとの戦闘の際に地面に置いた刀を持ってくるのを忘れてきてしまった。

「――グルゥゥゥァァァ！」

ルージュドラゴンは戸惑う表情を浮かべた俺の姿を見て、攻撃のチャンスだと思ったのか、その場で勢いよく回転すると、横薙《よこな》ぎに尻尾《しっぽ》攻撃を繰り出した。

「どうすればいい……」

もちろん大した攻撃ではないので、俺は最小限の動きで躱して、刀以外での討伐方法を考えた。

今あるのは右手に持つ刃渡《はわた》り十五センチほどの短剣のみ。

この程度の刃渡りでは、ルージュドラゴンの硬《かた》い鱗《うろこ》の奥《おく》に刃を届かせることは難しいだろう。

刀さえあれば一瞬で終わったのにな……。

「グルァ！」

俺が懸命《けんめい》に頭を回転させている間にも、ルージュドラゴンは尻尾と牙《きば》、数分に一度の間隔《かんかく》でブレスを用いた攻撃を挟みながら、俺を殺そうと躍起《やっき》になっていた。

このままだと『ドラグニル』の増援がギルバードとサランのことを目覚めさせてしまうかもしれ

ない。

上級魔法を易々と使うシャルムの人々なら大丈夫だと信じたいが、王宮への反逆を恐れて何もできないこともあり得る。

そうじゃなくても、Aランク冒険者程度の実力のギルバードが本気を出したら、ヤバイかもしれない。

「――テイムをしたってことは、瀕死《ひんし》まで追い込んだということか……。それなら、どこか脆い部分がありそうだな……」

テイムをするには首輪をつける必要がある。

そのためには暴れ狂《くる》うモンスターをなんとかして落ち着かせなければならない。

そして、ルージュドラゴンをテイムするために、何百人もの死者を出したという話だったので、十中八九、数の力で圧倒《あっとう》して瀕死まで追い込んだのだろう。

この硬い鱗の上や、比較的《ひかくてき》柔らかい腹の部分にも傷が見当たらないので、おそらく……。

「グルゥウァアアアッツッ！」

「そうと決まれば！　縮地！」

ルージュドラゴンは攻撃の前には高確率で咆哮をあげるので、その隙を見計らって、俺は大きな口の中に飛び込んでいった。

炎のブレスを吐く時間は五分に一回くらいだろうか。

先程ブレスを吐いたばかりなので、残り四分ほどでルージュドラゴンの弱った内部を破壊していくしかない。

そうしなければ、体内にいる俺は、真っ先にブレスで焼かれてしまうからだ。

「――グルゥゥアァッ？」

腹への不快な異物感を覚えたのか、文字通り腹の中に響く咆哮を絶え間なくあげ続けて、なんとか俺のことを外へ出そうともがいているのがわかる。

「これだけ嫌がるということは、弱点だという認識はありそうだな――おらっ！」

俺はまずはスカスカの胃を次々と斬りつけた。同時に、噴出《ふんしゅつ》される胃酸を慎重《しんちょう》に躱していく。

斬りつけられた胃には、俺が余裕を持って通れるほどの大きな穴が空いた。

まるで、過去の自分の戦い方をしているようで変な気持ちになったが、着実にダメージを与《あた》えられているので良しとする。

「グルァ……グルァ!! グルゥゥアァァッッ――!?」

ルージュドラゴンの内部は心臓と消化器官が半分、そして炎のブレスが中で燃え滾《たぎ》っている袋状《ふくろじょう》の臓器がもう半分を占《し》めているという変わった構造になっていた。

そのため、胃に穴を開けてからは、手数に物を言わせて、心臓と胃を中心に休むことなく攻撃を続けていった。

「――これで終わりだッ！」

俺は炎のブレスが閉じ込められた臓器以外を粗方《あらかた》破壊し尽《つ》くしたので、急いで外へ飛び出した。

「グルァ…………ァァアアッッ――」

ルージュドラゴンは目の光を失い、完全に脱力して重力に従って地面に倒れ伏した。

「——縮地！」

俺はルージュドラゴンを倒したのは初めてだが、文献《ぶんけん》でその恐ろしさを読んだことがあったので、すぐにその場から大きく距離を取る。

俺が急いで相当な距離を取った時に後ろを振り向くと、ルージュドラゴンの体は丸々と膨れ上がっており、それは、これから何が起きるかを理解するのには十分だった。

「やべぇな。街の上で殺さなくて良かった……。シャルムの中心部が吹っ飛ぶところだった」

刹那。ルージュドラゴンの鱗が全て剥《は》げ落ちていき、限界まで膨れ上がると同時に、空を覆《おお》う雲すらも貫く勢いの真っ赤な火柱を上げて、直径五十メートルほどの規模にまでなるであろう大爆発を引き起こした。

爆発した草原はまるで火の上級魔法を何十回も撃ち込んだかのように、ぽっかりと大きな穴が空いており、辺りには草木が焼け焦げた悪臭《あくしゅう》が漂っていた。

「——急いで街に行かないとな。縮地！」

今日は縮地をこれまでにないくらい多用しているが、修業《しゅぎょう》のおかげか、俺は無尽蔵《むじんぞう》のスタミナを持っているので疲れることなく、いつもの、いや、いつも以上のスピードで走り出した。

◆　◆　◆　◆

俺がルージュドラゴンの討伐をし終えた頃には、すでに太陽が昇《のぼ》り始めており、朝焼けが滲《にじ》むように東の空に広がり始めていた。

「――ん？　いやに静かだな……」

急いで街へ向かったのだが、戦闘をしているような音は全くせず、ごくごく普通の街の喧騒《けんそう》程度だった。

「どういうことだ……？」

刀の回収のために路地裏へ行くと、人払いの魔法は相変わらずで、ギルバードとサランは元の位置で気絶したままだった。

俺も中々の力で気絶させたので、あと数時間は目覚めないだろう。

「目覚める前に縛《しば》っておくか」

俺はすぐそばに落ちていた麻縄《あさなわ》で二人を背中合わせになるように頑丈《がんじょう》に縛り上げた。

「ふぅ……それにしてもおかしいな」

周囲を見渡すが、増援が来た様子はなく、レナの姿も見当たらない。

何が起こったんだ……。

俺は地面に置かれた刀を拾って鞘へ納める。

そして、日の光が照らす表の通りに出てから、アンとシフォンが待つ宿へ急いで向かう。

シャルムの人々の朝が早いのか、それとも先ほどの出来事のせいなのか定《さだ》かではないが、人々は既に街道を歩き始めており、早朝だというのに他の街の昼頃のような活気があった。

「おっ！　兄ちゃん！」

「店主さん？」

人の間をすり抜けるようにして歩いていた俺の肩《かた》を掴んだのは、昨晩訪れた酒場のスキンヘッドの店主だった。

「その様子だと、あのバカでかいドラゴンを倒したみたいだな！　というか、すげぇ爆発音が聞こえてきたが、大丈夫だったのか？」

あんな爆発があったにもかかわらず、シャルムの人々は特に変わりがない様子なので、少し怖くなってくる。

「ええ。なんとかなりました。それに、奥さんにも助けてもらいましたしね」

「そうかそうか！　感謝してたって伝えておくぞ！」

店主は口を大きく開けて豪快《ごうかい》に笑うと、俺の背中をバシバシと叩いてきた。

「……ところで、『ドラグニル』の騎士はどこに行ったんですか？　あんなことがあったのに全く見かけませんが……」

ギルバードが言っていた増援の件が嘘だとは思えなかったが、路地裏から宿へ向かう道中は『ドラグニル』の騎士を一人も見かけなかったので、何かがおかしいことは確かだ。

「さっき、騎士団長が騎士たちを引き連れて、そそくさと王都へ帰って行ったぞ？　どうしてだ？」

ギルバードとサランはあそこにいたはずだが……。

「それは本当にギルバードでしたか？」

「ああ。あれは間違いない。だが、騎士の集団の中には俺の酒場で暴れた男はいなかったな。まあ、罰《ばつ》でも受けたせいで、あの場にはいなかったのかもな」

ギルバードはいるのに、サランがいない。

だが、路地裏には二人ともいた。

「そうですか。急いでいるので、失礼します」

いくら考えてもわからないな。

取り敢《あ》えず宿へ向かうか。

「おう！　またなんかあったら聞きにこいよ！　俺の下の娘にも会わせてやる！」

スキンヘッドの店主は急ぎ足でその場を後にした俺に向かって、楽しげな様子で声を張り上げた。


俺は宿へ到着したので部屋の窓から入ろうとしたのだが、開きっぱなしで飛び出してきたはずの窓が閉まっていることに気がついた。

アンかシフォンのどちらかが閉めたのだろうか？

むしろ、あんな大爆発が起きたので、目が覚めてなければ神経を疑う。

俺は普通に一階のドアをくぐってから、二階の部屋へと続く階段を駆け上がっていく。

レナの安否も心配だが、それ以上に俺の身勝手な行動で宿に置いてきてしまった二人のことが心配だった。

「――二人とも……お前は……ギルバードか？」

「タケル！　無事で良かった……」

勢いよくドアを開けた俺の視界に入り込んできたのは、眩《まばゆ》い金色の鎧を装備した『ドラグニル』の騎士団長――ギルバードだった。

アンとシフォンは身を寄せ合いながらぐっすりと眠っており、まだまだ目が覚める気配はない。

「ギルバード……だよな。いや、だが……」

俺の名前を呼んだ初老の男性はギルバードのはずだが、ギルバードではなかった。

変なことを言っているようだが、そうとしか言えない。

「あっ、忘れてた！　これだっけ？　違う？　じゃあ、これ？　そうだそうだ！　黒髪のエルフだったよね？」

目の前に立つギルバードらしき男はドロドロと溶《と》けていき、俺の目を見ながら何度も何度も姿を変えていた。

「……」

「んーと、じゃあ、これか。ごめんね、多すぎて迷っちゃった！」

「――レナ？」

最終的に目の前にいたのは黒髪ロングのエルフ――レナだった。

「うん……って、何よその顔」

レナは小さく首肯《しゅこう》すると、俺の表情を見てジト目で不満げな口調で言った。

「いや、街の外に逃げたのかと思っていたんだ。どうしてここにいる？　『ドラグニル』からは逃げ切ったのか？」

レナがギルバードの姿に変身していた時点で大体の見当はついていたが、念のため確認の意味を込めて聞いてみる。

「もうわかっていると思うけど、あの後、騎士のおじさんの姿になって、他の騎士たちにシャルムから王都に帰るように促《うなが》したのよ！　で、適当なことを言ってここに戻ってきたわけ」

レナは小さく笑いながら得意げに言った。

「なぜ、ギルバードの姿でいた？　怪《あや》しまれるだろう？」

普通の人間の姿でいた方が、この街では歩きやすいはずだ。

「万が一、騎士の人たちにバレて跡《あと》をつけられてたらやばいじゃない？　街を歩くときの視線は冷たかったけど、命を守るならこっちの方が安全だしね」

「……そうか。なら、これからどうする気だ？」

一時的に『ドラグニル』を退けることには成功したが、この先どうなるかは全く分からない。

王宮からの命令で再び襲撃《しゅうげき》してくる可能性もあるし、上手《うま》くいけば、このまま干渉《かんしょう》をストップすることだって考えられる。

「――分からない。私みたいなモンスターが生きていける世界なんてないから……」

「よかったら、俺にレナのことを教えてくれないか？　何か力になれるかもしれない」

その場で立ち尽くして、悔《くや》しそうに拳に力を込めるレナの姿を見ていると、俺は手を差し伸べたくなった。

レナは沈痛《ちんつう》な面持《おもも》ちでポツリポツリと語り始めた。

「……私の正体は――」

自身がモンスターであること。

そして、種族はディスガイズスライム――通称《つうしょう》、変身スライムの変異種で、生まれた頃から人間と同じくらいの知性を持っていた。

戦闘における力は一切なく、生まれつき補助系の魔法が得意だったということ。

そして、他の人間に本当の姿がバレないように様々な姿を使い分け、正体を隠しながら孤独《こどく》に生きてきたということ。

「――タケルはもう気付いてると思うけど、私がセレナ・イリスよ」

俺は路地裏に呼ばれてから、話を重ねていくうちに勘付《かんづ》いていた。

「……そうか、ありがとう」

「なんでお礼なんて言うのよ。私はタケルどころか、世界中の人たちを騙《だま》してたのよ？」

「俺に話してくれてありがとうってことだ。それに、正体がバレていようがいまいが、みんな感謝してると思うぞ？　シャルムに住んでいる人だって君のことを恨《うら》んだりはしていないさ」

シャルムの人々を見ていればわかる。

決して、無償で様々なことに協力してくれるセレナ・イリスを恨んではおらず、むしろ好意的に思っている。

「……そう」

レナはぱっちりとした大きな瞳に小さな涙《なみだ》を浮かべていた。

「ああ」

「あと、君って呼ばないで」

「じゃあ、何て呼べばいいんだ？」

セレナ・イリス？　それとも偽名《ぎめい》のレナ？

「レナでいいわよ。セレナ・イリスも適当に付けた何の思い入れもない名前だから」

「それも偽名だったのか……」

「当たり前じゃない。モンスターに名前なんてないわよ」

至極《しごく》当然というような口調だが、それはそれで寂《さび》しいな。

「これは俺からの提案なんだが、こっそりフローノアに来ないか？　それなら俺の屋敷の余っている部屋で魔導具の製作と研究もできるぞ？」

レナほどの実力があれば、魔力暴走を起こすことはなさそうなので大丈夫だろう。

「……」

「もちろん断ってくれても構わない。レナの意思を尊重する」

レナは少し悩《なや》んでいる様子だった。

シャルムへの思い入れだろうか、はたまた俺に迷惑がかかることへの申し訳なさだろうか。

『ドラグニル』に追われている身なので、そう思ってしまうのも当然といえば当然か。

だが、仮に後者だった場合は心配する必要は全くない。

ルージュドラゴンを単独で簡単に屠《ほふ》れる人間に勝てるのは、この世に一握《ひとにぎ》りもいないのだから。

「……お願いしていい？」

「もちろんだ。そうと決まれば、二人が起きたらすぐにシャルムを出発しよう。フローノアまでは遠いからな」

馬車でも半日程度かかる道のりを歩いて行くので、早めに出発するに越《こ》したことはない。

「あ、それなら安心して。私は転移魔法を使えるから！」

「転移魔法？　そんな魔法は文献でも見たことがないぞ。属性は何になるんだ？」

文字通り空間を行き来する魔法だとしたら、歴史に名を刻むことができる革命的なものだ。

しかも、そんなものがあることが世界に知られたら、現状よりもまずいことになるのは確実だ。

「んー。私は特殊《とくしゅ》魔法って呼んでるわよ！　でも、人間は知らないんじゃない？　鑑定《かんてい》魔法だって生まれつき持ってたーとかいう解釈《かいしゃく》でしょ？」

「まあ、そうだな。だからこそ魔導具は重宝されるんだ」

鑑定魔法に加えて農業系の作物の生長促進《そくしん》魔法などは聞いたことがあるが、それは全て天性のものだという解釈だった。

故《ゆえ》に、それを使える魔法使いが魔導具まで製作することが出来るというのは凄いことなのだ。

「生まれつきじゃなくても身につける方法はあるわよ？　まあ、私みたいに生まれた時から全部の特殊魔法を持ってる場合もあるけどね！」

攻撃系の魔法が使えない代わりに全ての特殊魔法を持ってるなんて……普通の攻撃系の魔法も怪しいような木っ端《こっぱ》魔法使いの立つ瀬《せ》がないな。

しかもそれをさも当たり前のように言っているのが、凄さを表している。

「そうなのか……」

魔力が全くない俺でも使えるかもしれないので、後で教えてもらいたいところだ。

「あっ！　そういえば、路地裏の二人はどうしたの？　私もあそこまでは手を回せてないわよ？」

すっかり忘れていた。

縛り上げたから行動はできないと思うが、すぐに見に行った方がよさそうだな。

「すまないが、確認してくる。レナは二人が起きたときのために黒猫の姿で待っててくれ」

「なんで？」

「この二人は純粋《じゅんすい》なんだ。今はまだ教えるべきタイミングではない」

教えるのは屋敷に到着してからだろう。

今教えたらシフォンは驚きと興奮でまともでいられなくなりそうだ。

「わかったわ、気をつけてね！」

「ああ」

俺はドロドロに原形を失いながら言葉を発したレナの姿を見て戦慄《せんりつ》しながらも、窓から飛び降りて路地裏へ向かった。

「――いない……？」

早急に路地裏へ向かったのだが、そこにははらはらと解《ほど》けた麻縄しかなく、ギルバードとサランの姿はなかった。

「何者かに切られたのか……？」

固く結んだはずの麻縄は何か鋭利なもので切られており、ギルバードの細剣が地面に転がっていることから、第三者が急いで二人を逃《にが》した可能性が浮上《ふじょう》した。

「油断したな」

この人払いは一般人が入ることのできないものだと言っていたので、おそらくシャルムの人々ではないだろう。

そもそもシャルムの人々は魔法に関しては一流だが、特段戦闘に長《た》けているわけではない。

「とっとと帰ったほうがよさそうだな」

俺は麻縄とギルバードの細剣だけを回収して、宿へ戻ることにした。

『ドラグニル』の騎士たちは既に王都へ向かったはずなので、それ以外の〝誰か〟だろうか？

レナにだけは後で報告しておいたほうが良さそうだな。

「――いつの間にか猫ちゃんが元気になってる！」

「一晩で全快するなんて凄い回復力ですね！」

部屋へ戻るとアンとシフォンが黒猫の姿に変身したレナのことを撫で回していた。

「やっと起きたのか……」

「やっと？　休日なら普通だよね？」

「はい。むしろ、もっと寝てもいいくらいです！　タケルさんはどこに行ってたんですか？　それに、それはなんですか？」

時刻は昼前。

夜中にあんなことがあったのに二人は全く気付いた様子はなく、あっけらかんとした表情だった。

「二人がなかなか起きないから、散歩に行ってたんだ。それと、この剣は骨董品《こっとうひん》売り場で買ってきたんだ。安かったからな」

俺は咄嗟《とっさ》に出てきた言葉で適当に誤魔化《ごまか》す。

騎士団長クラスの武器ということで、結構な代物《しろもの》だったが、武器の切れ味や品質に関しては、普通に見るだけでは分かりづらいので大丈夫だろう。

「そうなんですねー……あ、今日はこれからどうしますか？　正直、僕はこの街はあまり……」

シフォンは申し訳なさそうに言ったが、当たり前だろう。

変人が多いことには変わりはないのだから。

「そのことなんだが、これからすぐにシャルムを出発して、フローノアに帰ることにした」

「え？　でも、馬車であんなに時間が掛かったのに、歩いて帰るなら一日中歩かないと厳しくない？

夜営の道具だってないし」

「それなんだが、実はある魔法を使うことで一瞬で帰ることができるんだ」

俺は至極当然のことを言うアンに笑いかけてから、テーブルで寝そべるレナに目配せをする。

「魔法……ですか？」

「ああ。二人はもう帰る準備はできているのか？」

見たところ寝起きとはいえ、最低限の身嗜《みだしな》みは整っているようなので、おそらく大丈夫だろう。

「うん！　でも、この猫ちゃんはどうするの？　タケルさんさえ良ければ……」

アンとシフォンが我が子を見るような目でレナを見ていた。

「いいぞ。もとよりそのつもりだ。ペットがいると癒《い》やしになるからな。君はそれでいいか？」

レナを連れて行くにしても二人の同意が必要だったので、あちらから提案してくれたのは素直《すなお》にありがたい。

「ニャァオ！」

レナは可愛《かわい》さを存分にアピールするようにして、文字通り猫撫《ねこな》で声を出した。

「かわいいー！」

「可愛すぎます……！」

アンは素直に可愛がり、シフォンは可愛さのあまり天に召《め》されかけていた。

「早速で悪いが出発しよう。宿はキャンセルしてきたから安心してくれ」

四泊《ぱく》五日で宿を取っていたのだが、先ほどキャンセルしてきた。

「どうやって帰るかわからないけど、お願い！」

「タケルさんは魔法を使えないはずですが……屋敷で教えてくださいね？」

「そのうちな。じゃあ、この猫の体に触《ふ》れてから、目を瞑《つむ》ってくれ」

二人は素直に俺の言葉に従った。

「……レナ。頼む」

俺はレナの耳元でボソリと呟《つぶや》いて、転移魔法とやらの発動の合図を送る。

「わかったわ！」

レナは俺が隠してきたことを全て帳消しにするように中性的な声を出した。

「えっ⁉　誰の声？」

「タケルさん？　ではないですよね？」

それを聞いた二人は目を見開いてキョロキョロと辺りを見回していた。

「……ああ。二人はジッとしていてくれ」

「わ、わかった！」

「……タケルさん？　まだです――」

「――テレポート」

俺がシフォンの問いに答えようとした時だった。

レナが小さな声で魔法を唱えると、視界の全てが白に覆われて、体がふわふわと宙に浮いてしまったかのような感覚に包まれた。

エピローグ

「魔法《まほう》というのは本当に便利なものだな」

俺《おれ》たちは僅《わず》か一秒足らずの間に、フローノアに構える屋敷《やしき》に帰還《きかん》していた。床《ゆか》にギルバードの細剣《さいけん》が転がっているが、回収は後ほど行うとしよう。

「え？　私たちってシャルムにいたはずじゃあ……。タケルさん、これは一体何が起きたの？」

「僕《ぼく》たちはどうして屋敷のリビングに居るんですか⁉」

案の定と言うべきか、二人は困惑《こんわく》した様子で思い思いの言葉を口にした。

「ニャァ」

「ごめんね猫《ねこ》ちゃん。後で遊んであげるから話が終わるまで少しだけ待っててね。それで、タケルさん。なにか知っているんでしょ？」

ここでレナが「私がやったのよ」とでも言うように足元で鳴いたが、アンは転移魔法への驚《おどろ》きからか、レナに対して気が向かないようだ。

レナは遊び半分で鳴いたのか、その口元は少し笑っているようにも見える。

まあ、猫が魔法を使ったなんて普通《ふつう》は思わないよな。

「ああ。だが、これから話すことは絶対に秘密にすると約束してくれ。いいな？」

俺が静かな声色《こわいろ》でそう言うと、それが珍《めずら》しかったのか二人は目を丸くして首を縦に振《ふ》った。

「よし。レナ、説明は面倒《めんどう》だから姿を現してくれ」

俺は足元で寝転《ねころ》ぶレナを一瞥《いちべつ》した。

「わかったわ」

レナはそれだけ返事をすると、一瞬《いっしゅん》でドロッとしたスライムに姿を変えた。

「な、なにこれ……？　猫ちゃんがいなくなっちゃったよ？」

「ふふふ」

言葉にして驚くアンと、口をぽっかりと開けたまま固まったシフォンのことをからかうように、レナは楽しげに笑った。

「……レナ」

「わかってるわよ」

呆《あき》れた俺が軽く咎《とが》めると、レナはすぐに本来のドロドロとしたスライムの姿から、黒髪《くろかみ》ロングのエルフの姿に変身した。

何度見ても目を疑いたくなる光景だ。アンとシフォンは心底驚いているに違《ちが》いない。

俺は変身する間、呆然《ぼうぜん》とその光景を眺《なが》めていた二人に目をやった。

「わ、私はディスガイズスライムのセレナ・イリスよ。適当にレナって呼んで。よろしくね……」

二人が呆然としていることを理解したのか、レナは先に自己紹介《しょうかい》を済ませた。

余裕《よゆう》を感じさせるような表情でふわりとした長い黒髪をさらっと片手でかきあげたが、その瞳《ひとみ》は僅かに揺《ゆ》れていた。

おそらく、自身がモンスターであることを明かしたせいで嫌《きら》われてしまうのではないかと、不安に思っているのだろう。

「僕はシフォンです！　セレナ・イリスさん、よろしく……って、セレナ・イリス⁉　というか、スライムゥ⁉」

「すっごく有名な人だよねー。まさかスライムだったなんて思わなかったよ！　あ、もう知ってるかもしれないけど、私はアン」

飛び跳《は》ねて驚いたシフォンとは対照的に、アンは最小限のリアクションしか見せなかったが、アンに関しては、セレナ・イリスのことを忘れてしまっただけという可能性もある。

「ふ、二人は、こんな私でも仲良くしてくれるの？」

レナはもじもじしながら聞いた。やはり、少し不安なのだろう。

しかし、安心してほしい。二人はそもそも人の内面を見ずに蔑《さげす》んだりはしない。なぜなら、俺がそうだったからだ。

「当たり前だよ！　まあ、ちょっと驚いちゃったのは確かだけどね。ね、シフォン？」

アンはなんの躊躇《ちゅうちょ》もなくレナの両手を取ると、自身の手のひらでギュッと包み込《こ》んだ。

「むしろ仲良くなりたいくらいです。魔導具のことはもちろんですが、まずはあなたのことが知りたいです！」

そんなアンの目配せを受けたシフォンは、レナの目を見つめて堂々と言い放った。

「……あ、ありがとう」

レナは照れ臭《くさ》そうに二人から目を逸《そ》らした。

二人の素直《すなお》な言葉を聞いたことで、良い意味で居心地《いごこち》が悪くなっているらしい。

「ねぇねぇ、なんて呼べばいい？」

「やっぱり気兼《きが》ねなく接したいですよね！」

「まあ、そういうことだ。今日からレナは俺たちの仲間になるから、仲良くしてやってくれ」

グイグイと距離《きょり》を詰《つ》めるアンとシフォンに対して、レナがらしくない様子で戸惑《とまど》っていたので、俺は助け舟《ぶね》を出した。

「はぁーい！　ところでタケルさん、今日はこのあと何をするの？」

アンはレナの手を解放すると、ワクワクした様子で聞いてきた。同様にシフォンも楽しそうな表情だ。

シャルムで誰《だれ》が何を起こしてどうなったのかについて、アンとシフォンは何も知らないので無理もない。

レナについての説明は中々ややこしくなるので、今は口を閉ざしておくとしよう。

「そうだな。少しくつろいでからギルドに行く予定だ。その間、三人は好きに行動してくれ」

俺は床に転がるギルバードの細剣を回収しながら言った。

特にこれといった予定はないので、とりあえずギルドへ行くことにした。

俺がいなかった二日間の情報収集や、サクラへの報告を早めに済ませておきたい。

「そっか。あまり無理はしないでね？　タケルさんのことだから、また一人でレナのことを助けたんでしょ？」

「きっと、僕たちに内緒《ないしょ》で、また人助けをしていたんだと思います」

アンとシフォンはニコリと微笑《ほほえ》むと、どこか優《やさ》しい瞳で俺のことを見つめてきた。

どうやら、二人には俺のことは見透《みす》かされているようだ。

「アンタって、随分慕《ずいぶんした》われているのね。まあ、私も助けてもらっちゃったし、一応……感謝しているわ。ありがとう」

レナは胸の前で両腕《りょううで》を組むと、照れくさそうに俺から顔を背《そむ》けた。

そんなレナの姿を見て、二人は目を合わせて悪戯《いたずら》な笑《え》みを浮《う》かべた。

「アン」

「わかったよ。シフォン」

「え!? な、なに？」

アンとシフォンは、互《たが》いに視線を交《か》わしてコクリと頷《うなず》くと、左右からレナの腕《うで》をガッチリとホールドした。

「タケルさん、屋敷を案内するついでに、三人でお風呂《ふろ》でも入ってくるねー！ いくよ、シフォン」

「はい！」

「え、え？ ちょ、ちょっと！ 私はスライムだからお風呂なんか必要ないんだけどぉぉぉぉ――――」

二人に連行されて屋敷の奥《おく》に姿を消したレナの叫《さけ》び声は、次第《しだい》に遠くなっていった。

「少し疲《つか》れたな」

俺はギルバードの細剣を壁《かべ》にかけてから、リビングに置かれたソファに倒《たお》れ込んだ。

ボーッとしながらも少し耳を澄《す》ませば、楽しげな三人の声が聞こえてくる。

「一眠《ひとねむ》りするとしよう」

俺は目を閉じて、ゆっくりと体を休めることにした。

◆　◆　◆　◆

「タケルさーん。こっちこっちー」

数十メートル先を歩くアンが、人混みから顔を出しながら、ブンブンと手を振った。

先行して店に入っていったアンとシフォンは、とてもたのしそうに見えた。

「というか、なんで俺はこんなところにいるんだ……？」

ここはフローノアの中心部。

両手に大きな布袋《ぬのぶくろ》を持たされた俺は、ふと我に返って呟《つぶや》いた。

俺は体を休めるためにソファで眠《ねむ》っていたはずだ。それがどうして、こんなことに。

「何をそんなに気怠《けだる》い顔をしているのよ。買い物はそんなに好きじゃなかった？」

「いや、無理やり外に連れ出されたと思ったら、ただの荷物持ちでびっくりしただけだ」

俺はムッとしているレナに言った。

アンとシフォンはレナと一緒に買い物をしたかったらしいのだが、どうせならということで俺も呼ばれたらしい。

「いいじゃない。乙女《おとめ》の買い物に付き合えるのよ？　もっとシャキッとしなさいよ」

「……そうだな。次はここか？」

レナにぽんっと背中を叩《たた》かれた俺は、アンとシフォンが先に入っていった店に足を踏《ふ》み入れた。

外観からして服屋で間違《まちが》いないだろう。これまでにもたくさんの服を買っていたが、三人はまだまだ買う気らしい。

そんなに金があるのか心配だが、みんな余裕がありそうな表情なので大丈夫《だいじょうぶ》だろう。

「タケルさん。僕にもこういう服って似合うと思いますか……？」

店に入って早々に、シフォンが色鮮《いろあざ》やかな色彩《しきさい》のワンピースをあてがいながら、俺に上目遣《うわめづか》いで聞いてきた。

これまでは俺に構うことなく三人で服を選んでいたが、初めてまともに話しかけられた。

「……いいと思うぞ」

「本当ですか⁉　じゃあ、これ買います！」

俺は服のことなんてわからないので無難な返事をしたのだが、シフォンはかなり喜んでくれているのか、もうカウンターへ向かっていた。

適当に言ってしまったので申し訳なさを感じたが、シフォンは暗い色合いの服を普段《ふだん》から着ているので、こういう服があっても良いだろうと解釈《かいしゃく》して、開き直ることにした。

「レナは何を買うのか決めたのか？」

俺は服を物色しているレナに声をかけた。

「うーん。これとこれなんだけど、どっちがいいかしら。タケルはどっちが好き？」

「二つとも同じに見えるな。レナが好きな方を買ったらどうだ？」

レナが悩《なや》ましそうに見せてきた二つのスカートは、どちらもデザインに大差がないように見えた。

「はぁ、これは刺繍《ししゅう》が細かくて、こっちはふりふりがついているのよ。それに、ポケットの大きさも違うし、長さもこっちのほうが長いわね。どっちも捨てがたいわね」

レナはやれやれとでも言いたげだった。

「無知な俺から言わせてもらえば、レナはどっちのスカートでも似合うと思うぞ」

俺は特に深いことを考えずに、思ったことを口にした。

大人の雰囲気《ふんいき》が漂《ただよ》うレナの容姿には欠点が見当たらないので、当然といえば当然のことなのだが。

「なによ、褒《ほ》めても何も出ないわよ。でも……ううん、なんでもないわ。あんまりいい気にならないでよね！」

レナは二つのスカートを大事そうに抱《かか》えると、ツンケンとした口調で言い放った。

「はいはい。それより、アンはどこだ？」

俺は一番早く入店したはずのアンの姿が見当たらないことに気がついた。

「アンなら、さっきそこの試着室に入っていくのを見ましたよ」

「わかった。というか、シフォン。さっきのワンピース、もう買ったのか？」

アンの居所についてくれたシフォンの手には、布袋が提《さ》げられていた。

「気に入ったので買っちゃいました」

「それは良かったな」

「はい！」

シフォンはとても嬉《うれ》しそうな返事をした。

どうやら本当に気に入ったようだ。

俺は幸せそうなシフォンを置いて、カウンターの横に設けられた試着室へ向かった。

「アン。どうだ、何を買うか決めたか？」

俺はカーテンの向こうにいるアンに声をかけた。

「う、うん。でも、もう少し待ってね」

「ああ」

アンの言う通りにして、待つこと十数秒。

ようやく目の前の白いカーテンがゆっくりと開かれた。

随分と時間がかかっているようだ。もしかすると、着るのに時間がかかるような服なのかもしれないな。

「ん？　アン、試着室で着替《きが》えていたんじゃないのか？」

俺の予想はかすりもしなかった。なぜなら、アンの服装は入店したときと同じだったからだ。

「あの、ど、どうかな……？　このイヤリング、私がつけるには可愛《かわい》すぎるかな……」

アンは俺の問いには答えずに、自身の左耳につけられた真っ赤なイヤリングを、恥《は》ずかしそうに見せてきた。

「イヤリング？　ああ、ルージュ色で綺麗《きれい》だし、元気なアンにぴったりだと思うぞ。って、まさかそれをつけるために試着室に？」

ルージュ色のイヤリングは、まるでアンのことを表しているようだった。

「うっ、だって、私って普段は、こういう大人っぽくて可愛いアクセサリーってあまりつけないでしょ？　だから、その……いいなぁって」

アンはもじもじしながら、頬《ほお》をほんのり赤く染めていた。

確かに、アンは剣一筋というイメージが強いので、アクセサリーを着けている印象はあまりない気がする。

「アン。すごく似合ってますよ！　ね、レナ」

「ええ。髪色《かみいろ》にもマッチしているし、可愛いと思うわよ」

「そ、そうかなぁ。えへへ」

「それで、そのイヤリング、買うのか？」

背後からひょこっと出てきた二人に追随《ついずい》するように、俺は照れているアンにどうするのかを聞いた。

「うん。冒険《ぼうけん》のときは着けられないけど、またお出かけするときに着けたいから買うことにする！」

「そうか。それじゃあ支払《しはら》いを済ませて早く帰るぞ」

俺はカウンターで待つ服屋の店員のもとへいち早く向かった。

心身ともに疲れているので、早く屋敷に帰りたかったからだ。

「店員さん。これのお会計をお願いします！」

アンは懐《ふところ》から財布《さいふ》を取り出しながら、カウンターにイヤリングを置いた。

「はい。料金はこちらになります」

店員は紙にサラサラと値段を書くと、滑《すべ》らすようにしてこちらに提示してきた。

結構な値段だな。まあ、Ｄランク冒険者《ぼうけんしゃ》なら払《はら》えなくもないか。

「あ……」

「どうした？」

俺は財布を開いて固まったアンに声をかけた。

なにか悪い予感がする。

「タケルさん。お金が足りないから、今日は買わないでおくね……」

アンはしょんぼりとしながら、深いため息をついた。

案の定、俺の予想が的中したらしい。服を買いすぎたせいだろう。

シフォンとレナも同様に手持ちがないようだ。

仕方がない。ここは俺が身銭《みぜに》を切るとしよう。

「銀貨六枚ちょうどです」

俺は一旦《いったん》手荷物を下に置いて懐から銀貨を六枚取り出し、無造作にカウンターに投げ出した。

「え？」

「ほら、とっとと帰るぞ」

そして、ぽかんとしている三人を残して、荷物を再び持って店の外に出た。

「タ、タケルさん！」

「ん？　別に気にするな。俺は疲れたから、早く屋敷に帰りたかっただけだ」

俺は追いかけてきたアンにそう言った。

「慌《あわ》てて何を格好《かっこ》つけてるのよ。素直に言えばいいのに」

「そうですよ。せっかく良い事をしたんですから」

後から来た二人は俺のことをおちょくるように言ってきた。

「まあ、そういうことだ」

「タケルさん。このイヤリング、大切にするね！」

アンの嬉しそうな声が後ろから聞こえてきたが、俺は屋敷へと続く道へ歩き始めた。

「ねぇ、タケルって普段からあんな感じなの？」

「はい。タケルさんは不器用だけどとっても優しいんです」

「うんうん！」

レナが仲間に加わったことによって、また一段と騒《さわ》がしくなったが、これからの冒険はもっと面《おも》白《しろ》くなりそうだな。

きっとこの仲間達となら、どこまででも行ける。

俺は柄《がら》にもなく、そんなことを考えながら歩いていた。

あとがき

はじめまして、チドリ正明です。

『縮地を極めて早三年 パーティー追放の悔《くや》しさで、山籠《ご》もりしたら最速最強になりました』、いかがだったでしょうか。

この小説は僕《ぼく》が持つ一点突破《とっぱ》系の能力への憧《あこが》れや武道に秀《ひい》でた人に対する羨《うらや》ましさからくる、かなり趣味《しゅみ》的な作品となっています。

自分にとって一番読みやすく、一番理解しやすく、一番書きやすいキャラ造形で、一番心地よいノリとテンポで書きました。

今作は全《すべ》てにおいての処女作ということもありましたが、拙《つたな》いながらも何とか小説のカタチにもっていくことができました。

無双《むそう》と爽快感《そうかいかん》の中に、人としての成長や人間関係の難しさを上手《うま》く織り交ぜることをテーマにしており、自分としては綺麗《きれい》に話をまとめることができたのではないかと思っています。

作中はタケルの一人称《にんしょう》視点で話が展開されているため、タケルの気持ちを理解しつつ、タケルの立場に自分を置いてみてストーリーを考えてみるのも面白《おもしろ》いと思います。

タケルの過去と現在の仲間との絆《きずな》や、周囲の人物との様々な関係性。最強最速の無双物語の中には、それぞれの人物の成長があります。

もしも、再び最初から読む機会があるのであれば、その辺りも是非《ぜひ》楽しんでみてください。

また、この本を購入《こうにゅう》した皆様《みなさま》、是非、作者のツイッターのページに飛んで感想を飛ばしてくれると本当に嬉《うれ》しいです！　『チドリ正明』と検索《けんさく》すれば作者のアカウントを見つけられると思います。


ここからは関係者各位への謝辞です。

今から約一年前の五月二十七日に、カクヨムにて拙作《せつさく》の更新《こうしん》はスタートしました。僕は小説についての基本的なルールなどは一切《いっさい》知らずに、単なる思いつきで書き始めましたが、小説というのは面白いもので、努力の末に何とかドラゴンノベルスさんが開催《かいさい》していたコンテストで特別賞を受賞することができました。

担当してくださった編集者Kさん。無知な僕に何から何まで丁寧《ていねい》に教えてくださりありがとうございました。二人三脚《さんきゃく》で中々大変な時期もありましたが、無事に乗り越《こ》えることができてホッと一安心しています。

そして、イラストレーターの長浜《ながはま》めぐみさん。長浜さんに依頼《いらい》をして本当に良かったと思っています。縮地の躍動感《やくどうかん》を表現するのは非常に難しいことだと思っていましたが、イメージ通りの素晴《すば》らしいイラストを描《か》いていただき感謝しています。

最後に、拙作を購入してくださった読者の皆様に最大級のありがとうを。

どうか日常生活の気休め程度にのんびりと拙作を読んでいただけると嬉しいです。

チドリ正明

本書は、２０２０年にカクヨムで実施された「第2回ドラゴンノベルス新世代ファンタジー小説コンテスト」で特別賞を受賞した「【縮地】を極めて早三年～Aランクパーティーから追放されて悔しいので秘境の山に隠居し、刀を使えるようにしたら最強になりました～」を加筆修正したものです。

DRAGON NOVELS
ドラゴンノベルス

縮地を極めて早三年
パーティー追放の悔しさで、山籠もりしたら最速最強になりました

2021年7月5日　初版発行

著　　者　チドリ正明《まさあき》

発 行 者　青柳昌行

発　　行　株式会社KADOKAWA
〒102-8177　東京都千代田区富士見2-13-3
電話0570-002-301（ナビダイヤル）

編　　集　ゲーム・企画書籍編集部

装　　丁　AFTERGLOW

D　T　P　株式会社スタジオ２０５

印 刷 所　大日本印刷株式会社

製 本 所　大日本印刷株式会社

DRAGON NOVELS ロゴデザイン　久留一郎デザイン室+YAZIRI

ISBN978-4-04-074158-1　C0093

田中家、転生する。

著:猪口　イラスト:kaworu

平凡を愛する田中家はある日地震で全滅。
異世界の貴族一家に転生していた。
飼い猫達も巨大モフモフになって転生し一家勢揃い!
ただし領地は端の辺境。魔物は出るし王族とのお茶会も
あるし大変な世界だけど、猫達との日々を守るために
一家は奮闘!
のんびりだけど確かに周囲を変えていき、
日々はどんどん楽しくなって――。
一家無双の転生譚、始まります!

**電撃マオウにて
コミカライズ連載中!**

DRAGON NOVELS
好評発売中!
家族一緒に異世界転生!
のんびり楽しく暮らしていく。